郑俊华——著

带凤尾纹的油纸伞

SH 中国言实出版社

图书在版编目（CIP）数据

带凤尾纹的油纸伞 / 郑俊华著 .-- 北京：中国言实出版社，
2021.7

ISBN 978-7-5171-2657-7

Ⅰ . ①带… Ⅱ . ①郑… Ⅲ . ①短篇小说—小说集—中国—
当代②小小说—小说集—中国—当代 Ⅳ . ① I247

中国版本图书馆 CIP 数据核字（2021）第 125703 号

出 版 人　王昕朋
责任编辑　宫媛媛
责任校对　张国旗

出版发行　中国言实出版社
　　　　　地　　址：北京市朝阳区北苑路 180 号加利大厦 5 号楼 105 室
　　　　　邮　　编：100101
　　　　　编辑部：北京市海淀区花园路 6 号院 B 座 6 层
　　　　　邮　　编：100088
　　　　　电　　话：64924853（总编室）　64924716（发行部）
　　　　　网　　址：www.zgyscbs.cn
　　　　　E-mail：zgyscbs@263.net

经　　销　新华书店
印　　刷　北京温林源印刷有限公司
版　　次　2021 年 7 月第 1 版　　2021 年 7 月第 1 次印刷
规　　格　880 毫米 ×1230 毫米　1/32　9 印张
字　　数　184 千字
定　　价　58.00 元　　ISBN 978-7-5171-2657-7

目 录
CONTENTS

带凤尾纹的油纸伞

1

待小凡匆匆出门，周全愣怔了许久，许久。之后他登上椅子，取下悬在店门的"梁记杂货店"匾牌。拿过桐油和油刷，他就这么一下下，一下下地刷过来刷过去，有泪嗒嗒地落下，也被他刷进了匾牌乌油油的亮色里……

2

那个名叫"梁记杂货店"的店铺，就在三里店的主街上。站在窗前，就能看到三里店码头上人来人往，以及码头外的舟楫樯帆。当然，这一切在十几分钟前，还与过路人梁五洲没有任何关系，但这会儿，有了。

因为刚才在小店吃饭的时候，突然就下起了雨。在下雨的时候，撑了伞进店的人，就多了起来。这雨来得很邪，从梁五洲进店便开始下，等他简单地吃过饭准备回船时，雨就差不多停了，只剩树梢上还有水滴，随风落下。梁五洲出了店门刚一撑开伞，就感觉有些异样，仔细看时，竟惊骇得满眼昏黑。他跟跄几步，只身斜靠在一棵湿答答的粗干的老桐上。刚刚打开的那只伞，也躺在了满是水迹的桐树下。他的伞，也是把不起眼的旧伞，二十八根伞骨中有一根有些断裂，但此刻躺在地上的伞，虽与其外观极似，但却完好无损。

他贴在树干上，用手按压住心咚咚疾跳的胸口，稳了稳心神，才捡起地上的伞，快步折回了小店。但正如他所料，他刚刚吃饭的那个桌上椅上地上以及屋里任何一个角落，都已没有他那把伞的半点踪迹。

3

他装上了一锅烟，很机械地点着，边点烟边琢磨着刚刚店伙计的话：瞧瞧，您瞧瞧，多巧嘿，连牌子都不用改了，大匾就留给您用了。

是呀，铺子是梁记，自己此时也姓梁，难不成就该自己有这一遭，这铺子早就给自己预备下了。这是个相当沉稳老练的人，但点烟的手，还是不由得抖了那么几下。

寸劲呀！今天的事统统都是寸劲儿，一个接一个。咋就那么巧，自己相中的铺子，就叫"梁记杂货店"；店伙计正往门上贴招租帖子时，就被自己一头撞见；更巧的是，这雨咋就不早也不迟地下了那么半个多时辰，事情发生了，雨也停了。不远处，他刚刚搭乘的那条船也还没有开走，但船上船下的同一个人，却已是殊途。

他正胡思乱想时，店伙计小跑着回来了。

掌柜的，恭喜您，我们老掌柜应了！老掌柜一半天就走了，他在老家的老娘病了，要不也不会把这么好地段的铺子转租出去呀。

哦，那我马上把租金给送过去。

不用不用，这点事还用您跑，我去就……说到这，店伙计突然停住了，他意识到自己的话不太合适，他们刚认识还没多会儿，钱的事毕竟不仅仅是跑腿受累的事。

对了掌柜的，您要是想装修的话，我可以帮您找人，不然您刚到，不好找。

不不，不用装修。这里里外外的还不错，就先这么用吧。

那，我帮您烧壶茶吧！说着，进屋去了。没一会儿，一个青花瓷盖碗，端到了他跟前的小桌上。碗盖打开，一股淡淡的香味，热腾腾地扑过来。

他还真是渴了，这碗热茶，让他突然意识到，这个店伙计八成是想留下来，而自己，既然开店，也的确需要个伙计。

他知道，他注定要与这个听都没听过的三里店码头，有一段缘；注定要在这个人生地不熟的地方，停靠停靠了。这是目前唯一的，最没有办法的办法。但要停靠多久，停靠下来的结果是什么，他心里没有半点底数。

4

小师傅，您的茶真香。

不是，掌柜的，是您真渴了。

他是真的渴了，感觉一股暖流，已入口入胃。他把水碗轻轻地放到桌上说：小师傅，您有时间天天帮我煮茶吗！

这？店伙计先是一愣，但只是那么稍稍的一愣，立马就反应过来了。只见他两三步跨到小茶桌前，双手抱拳，举过头顶：有，有，周全拜见东家掌柜，谢掌柜的大恩！

你叫周全？

是，掌柜的。

哦，周全，那咱们盘点盘点，收拾收拾，争取这两天，开张。

行，明天是六月十八，双日子！

可都下晌儿了，来得及吗？

掌柜的，这都是熟活儿！您歇您的，我收拾，明天没问题！

不用那么急，什么双不双的，没那么多讲究。你先收拾着，我出去走走，顺便进点货。

掌柜的，咱不等盘点完，看差什么再进吗？

你盘你的，我去进点别的货。

别的货？望着掌柜远去的背影，周全兀自自语：要进啥货呢？

5

天气晴朗，柳绿花香。门前通往三里店码头的青石板路上，人流涌动，往往来来。

叮！当！噼啪噼啪，在一阵激烈的爆竹声里，"梁记杂货店"厚重匾牌上的大红缎子盖面，被店老板的一根细长匀称的白蜡杆，轻轻地挑下来。被擦洗一新，桐油净面的"梁记杂货店"匾牌，在近午的光影里，熠熠生辉，炫亮了这座平日里少言寡语的小店。

老乡们，正这时，周全把刚抱出来的大兜子，往临时放置的桌子上一蹾，高声大嗓地喊道：老乡们，这兜子里——不是，大家看到廊檐下倒挂的油伞了吗？好不好看呀？

好看！人群里高声地应和着。

大家想不想免费领走呀？

想！想领！人群有些涌动。

告诉大家啊，他回身指了指桌上的大兜子：这是我们东家掌柜，给大家准备的开张喜糖，我马上——

周全，不是领伞吗，咋改领糖了？

亲邻们别急哦，听我往下说。大家一会儿接到喜糖以后，别急着吃哦，先打开糖纸看看。这兜子糖里，有三十块里面，包的不是糖！

不是糖是啥呀，白薯干还是窝头片呀？人群高声低声地哄笑着，吵吵着，显然，有人再故意闹腾。

告诉大家，这三十块糖纸里，包的就是——就是今天的中心话题，就是今天我们东家掌柜送给左邻右舍的礼物——油伞！

哈哈，周全，你学会变戏法了，你们家糖纸里能包伞呀？

你们家那伞是不是给蚂蚁用的呀？

哈哈！

对，真让您说对了，我今天就给大家变个戏法。说着，他从口兜里掏出了一块糖，高高举起，然后剥开：大家往这看，这个，真不是糖，它是盖了我家掌柜梁五洲手戳的小纸条，上面写了五个字：梁记杂货店。这样的"糖"一共三十块，凡抢到这糖的，十天后，就可以拿着字条来店里领新伞了。这个戏法好不好？

好！好！

那好，老乡们，我们店又增加了卖伞和修伞业务，尤其修伞，是一等一的专长。大家吃了糖的，抢到伞的，麻烦您给小店好好宣扬宣扬，我周全在这谢过在场的老老少少了。来，老乡们，接喜糖喽！

唰，唰唰，没几下，一大兜子各色糖块，全部抛了出去。

捡到这糖的，还有个穿旗袍的女人。她见有糖向她抛来，一伸手，就接两块，落在地下的几块，也被她捡起来。她把几块糖过了下手，留了一块，其余都给了眼巴巴盯着她的两个孩子，然后她和手里的糖，被脚下那双咔咔作响的白色高跟鞋，带走了。

6

开张那个场面，让梁掌柜十分满意，正像他俩提前合计的，多聚人，越多越好。周全说：行，掌柜的，交给我了。我再把我那几个小弟兄叫来，有他们一吵吵，想不热闹都不行。

还有，我有个老哥，在咱这县城报社边开了几年的茶叶店，前段老家有急事，回去了，刚回来没几天。说跟报社的人，特熟。

咱小县城也有报社？

有呀，不过不是咱县里的，好像是省城特意在咱码头附近开的。

可是登报来不及了呀？

不是登报，我是想让他找报社的人，给咱印点小纸片，明早让秃小他们往码头呀、大街这么一发，知道的人不就多了吗！

发海报？好呀，周全，你现在就去吧。

不用，秃小马上过来，您写几句要紧的话，让他们帮咱印印。

周全受了掌柜的鼓舞，薄嘴片又翘起来了：掌柜的，我多句话哦。咱买卖也不少，地段又好，咱卖伞的事，很快就传出多半城了，咱不用又送糖又搭伞的。

没事，照计划办吧。伞我订好了，一会儿就送过来了。

几十把油伞，也得不少钱呢！

没事。来，咱搭个棚子吧。

伞棚子搭得十分漂亮，主梁是铁管，侧边是竹竿。三五颜色的二三十把伞，把这个棚顶，吊得七上八下，层层叠叠。

周全有事没事地来掌柜跟前，走了好几次，有时说句浮皮潦草的，有时什么也没说，走近又走开。梁五洲笑笑说：周全，你有什么事吧？

掌柜的，我——有话就憋不住。

哈哈，你都憋一下午了。

还是掌柜的您敞亮，我就问一句哦：这开张送伞，好吗？

没事，咱小门小店的，没有那么多讲究。咱这块雨多，送伞也算实惠呀。

哦，那行吧！周全不再多说，退进了收拾半截的杂货间后，才嘟囔出下半句：小门小店，手脚可不小！

7

开张当天下午，就陆陆续续地来了不少的顾客。有买锅碗杂货的，有修伞买伞的，也有没做什么，只是看看的。傍晚，下起了雨，进店来的人，总算是断流了。

周全把十来把伞，抱进厅堂，拎了个大号马扎，坐下就开始修伞。但他左看看右瞅瞅，掂着个螺丝刀的手，试了又试，就是不知该怎么下家伙。正这时，梁掌柜撑着伞进了屋。

周全，会修吗？

掌柜的，您快看看吧，还真不顺劲儿。

不用了，周全，你今天也累了，收了吧。

掌柜的，按您吩咐，跟人家说了是十天后来取，别到时候赶不出来。要不，您教教我。

我教你？

是呀？

哈哈，实话告诉你，我也得出去几天找地儿现学去。

啥，啥？掌柜的，您老不会修呀？我还当是您的专长呢？

学学不就是专长了吗！

这个——几天能学会？

嗯！三五天吧，一准儿误不了客人的事。

行吧，掌柜的，全记住了。

周全把开水给掌柜的加进小壶里，然后撑了把油伞出了门。他边走边嘀咕：买卖还有这么做的？

8

掌柜的，您可真神了，就几天工夫，会了？望着梁掌柜手里横叉竖捻使用自如的刀剪家伙事，周全有点不相信自己的眼睛。

我在之前开店时，邻居是个风筝铺子，也捎带制伞卖伞。闲着时，我常帮他搭把手。都是手头上点事，一通也就都通了。

掌柜的，您之前的店呢？您出来了，谁看着呢？还有您之前开的什么店呀？

跟这个差不多，只是大点。这几天咋样？周全听出梁五洲似乎有意地岔开了话题。

三十几把吧，都在这儿了。

周全到底是当过几年伙计的，但凡掌柜的没正面回答的话，他就算是喝多了，也不会再提第二遍。

看到墙角一大堆的坏伞，梁五洲想起那天与东城"伞城"掌柜的那次对话。

你说就喜欢修伞，那你咋不直接开个伞店呢？

不用，小城不大，有您这个店，也就差不多饱和了。

那你干啥还蹚进这一脚来？

老板，我不是当地人，我回家后，还真是想做这行。

可你现在在跟前呢，你想，你要是我，愿意再出来个对手吗，又不是分店。

老板，不瞒您说，我就是想给您开个分店。

啥？分店？那怎个"分"法呢？

这个好办，我不为赚钱，就想学个手艺，以您的条件为准。

这个？那样的话，我可就照直说了。

……

老板，我每周过来一天或两天，所有的伞，都得归我修。

这个当然，你得练手艺呀，是得归你修。哦对，这还存二十几把，都是这几天收的，我的手正巧前几天划了一下，还没太好。

没事老板，修不完的话，我走时带着。

店老板一听，就像他刚刚喝下去的那杯浓茶，热腾腾的，舒坦。他说：就爱跟您这种痛快人打交道。不知不觉中，店老板已把"你"字，换成了"您"。

梁五洲说：我也是。

9

入夜，他拎过马扎，坐到了墙角。先把两个店的五十多把伞，都一一过了一遍，从伞把开始，按顺序检查到伞顶。

第二天，梁五洲起了个大早，里外收拾停当后，周全才到。周全红着脸低声说：掌柜的，我来晚了。

不晚。我是早起惯了，你以后还这个点来就行了。

正说着话，门开处，来了今天的第一位主顾。

大老板，恭喜了！来人是个二十岁上下的女子，栀子花旗袍缠裹着尚有几分婀娜的身姿，略施粉黛的脸上，散落着浅浅的笑容。这一笑，眉宇间的那颗突出的美人痣，越发显眼了。

哈哈，我这也叫大老板吗？看到女人两手抱着的伞，他说：您要修伞吗？

女人说：老家带过来的，摔坏了，也没扔，您看还能修吗？

梁五洲伸手要接女人的伞，但女人在递伞时，又抻回来，然后把伞把递过去。

女人的出现，让梁五洲一下回忆起了一个细节，那天他匆匆下船到小酒馆吃饭时，坐在他身边的，就是这个女人，只是，他没太注意。见他有些愣怔，女人轻轻地敲了两下柜台板：老板，能修吗？

梁五洲忙回过神来，他打开伞一看说：怎么坏得这么厉害？

摔的呀！

谁摔的？

我姐呗，她说反正坏了有人给修。

梁五洲不敢再问下去，他需要忍事，躲事，起码不多事。他有他的事，他的那个事，才是目前最为重要的。他说：肯定修不了了。我店凡来修伞的，买新伞半价，您没修，也给您半价吧。

我没说要买伞呀？

可您的伞真的修不了了。

这个我不管，说着，她把一个小字条，放到柜板：这是我的地址，修好了，叫伙计给我送去。说完，她踩着白色高跟鞋转身走了，石板路上传来咔嗒咔嗒远去的声响。

梁五洲默默地摇了摇头，拿了柜板上的字条一看，字条上没有地址，只是盖了梁五洲手戳，分明是开张那天，卷在糖纸里发出去的换伞字条。梁五洲觉得有些怪异，忙拿过女人的伞细看。他发现伞柄上，有一个浅浅的画痕，很像一个"凤"字，这让他想到女人递过伞柄时的情形。见女人走了，周全赶忙过来：掌柜的，您是不是见过她？

见过，刚刚见的。

周全笑了，他见识了掌柜的幽默：她叫小凡，说是南边闹大水时逃过来的。到这儿没吃没住的，就让"丹凤眼"领到"大绣坊"去了。"大绣坊"就是丝绸绣花的地儿，十几个人呢，都是女人。

老板娘叫"丹凤眼"？

嗯，都这么叫。她也没来两年，开始是做旗袍，后来就组织逃难的女人开了这个大绣坊。还有人传她会几把子拳脚，所以一般小混混，真不敢傍前。

那，这个小凡来咱这是？

我感觉，八成……算了，不提了。不过她不是坏女人，她——可能就是，来逛逛。

到这么个小铺面，来逛逛？这女人本身就是个谜，而周全的解释，使这个"谜"，更增添了一层朦胧的雾气。

10

一轮明月，穿过云角刚一露头，竟不小心跌进了粼粼的湖水里。梁五洲站在码头的栏杆旁，若有所思。明天就是八月十五了，快三个月了，但他要办的事，还了无头绪，他不知自己还要等多久。

第二天上午，梁五洲吩咐周全去对面的小酒馆订几个菜，一半带回来过节，一半给他老娘送家去。可周全还没出屋子，半个月前的那个穿旗袍的女人，打了把油伞，又来了。不过这次她穿得很平常，高跟鞋也换成了平底布鞋，连说话也像换了一个人：老板，我的伞修好了吗？

梁五洲一回身，从柜台下取出了一把新油伞递过去：哦，这个，给您。女人没接伞，她说：老板，我那可是扬州顶级老店去年才出的新款呀，三十二根伞骨，根根一尺八寸，连伞把上都有凤凰标记，在制伞界，这也是绝品了。老板，您没细看吗？

梁五洲心头猛地一震，这句话隐含了扬州地下党情报站，已经作废的联络暗号，怎么会重新出现？是故意，还是巧合？梁五洲心虽惊愕，但马上镇定下来，随口说道：我们这小地方人，哪知道什么总店，我这儿的伞，都是二十八根伞骨。

见这个叫小凡的女人来了，周全就一直没走，但他也没进屋，就那么一脚门里一脚门外地叉巴在那里。

听到这，女人的眉头微蹙了一下，马上换了个话题：修不了就算了，新伞我就不要了。是这样，我昨天相了个亲，男人是个做小买卖的，比我大，一只眼。虽说是续弦吧，不过衣食不愁。说不定哪天，我就要出嫁了，我来买几件壶碗什么的。她还没说完，啪嗒，门口周全手里的食盒篮子就掉在了地上。

周全却没去捡篮子，几步跨进了店里，低声下气地说：小凡，你就不能再等等吗？

不等了，累了，再过几天就二十三了，等不起了。

我马上就凑够了，半年，不，三个月行吗？

不用了，人家赵掌柜过些天就来交钱接人了。来吧，梁掌柜，您给选套茶具吧。

不行！啪，周全一把夺过小凡随手带来的半旧油伞，奋力地摔向墙角，伞把套随即脱出了伞柄。

哟，梁掌柜您可看见了，修这把伞，真的就不能让我出钱了。

梁五洲捡起伞，眉梢猛地一颤，两眼迅疾地向伞柄扫去。

11

半个月后，一个漆黑的夜晚，一个瘦弱而矫健的身影，迅疾地向"大绣坊"后院最东北角的小屋飘去。窗内灯光有些暗，但，屋内的对话，还是能听个八九。一个说，你说他没接话茬，好像没什么反应？是，姐姐。他没对上暗语，我就忙着把话题引到周全那边去了。

对了，你观察这个周全怎么样，可靠吗？

我感觉没问题，湖口那河汉子可不浅，他能不顾自己不会水，下去救一个不相干的人，我想他本质应是不错的。

你确定他不会水？

是。他反被我救起后，我送他回家。他老母亲拉着我的手，闺女长闺女短地一再道谢。我说，老阿妈，您快别谢了，是他下水救我，又被我救上来的。这老阿妈就说，您快别替他遮羞了，他救你？他哪会浮水呀。

人家老妈不松手了吧，看来咱俩要我收外围你收郎了。哈哈……

姐，尽拿我逗，那事咋办？

好办，我和他见个面不就行啦。

行，姐，我再买两个胆瓶去，您再写个条子吧。

不用，我想他已经到了。

什么？到了？

大师兄，好久不见，进来喝杯茶吧！

12

那天，女人的伞被周全摔到地上，伞柄脱落。梁五洲一眼便认出，那是自己丢失的伞，因为那是师妹白云凤送给他的，还在伞柄上，用简笔刻了飘逸的凤尾纹。这样的伞，共有两把。凤尾的纹路一把朝左，一把朝右。但他打开伞柄一看，里面已没有任何汇票，只有一张字迹娟秀的小字条，上面写着：去过东陵吗。

梁五洲明白，这是遇到师妹了。他本叫孙占英，因为在他经商的十几年里，在师妹的引领下，他加入了扬州的地下党组织。由于斗争残酷，他先后换了三个摊点，也换了三次名字。梁五洲，就是其中的一个。

他们的师傅柳叶刀是镖局出身，年老回扬州老家后，便被人围堵，非要把子女们送来。说是时逢战乱，街上常有日本人走动，学几招以防身。柳师傅却说，身体受过伤，教不了了，一一推掉。最后，只有好友白羽林的女儿白云凤和前院经常卖给他好酒的孙占英，跟了他。他说：切记，不要声张。就在这儿，师妹白云凤认识了孙占英。师妹说，你当初直接叫孙殿英多好，名气大呀。他说，那不行，东陵的事还不算在我头上。师妹说，现在最大的危险不是东陵大盗，是东瀛大盗呀！他说，是！我的几个摊位，也常被骚扰。

半年后的一个凌晨，街上突然热闹起来。枪声喊声马蹄声，乒乒乓乓，乱作一团。第二天，坊间传言，日军驻扬州的最高指挥官，昨夜被人暗杀了。他想应马上把这个好消息，告诉师傅和师妹，便把摊位交给伙计，去了五尺巷子师傅的家。但刚过街拐角，就被人一把拉进了胡同，正是师妹。她说，师傅不在，快走！听了师妹的话，他也预感到了什么，不再多问。两人穿小巷走湖坡一溜烟向北，便去了大明寺的后院。在那里，他远远地从花墙的黛色瓦片间，见到了正在落发并穿了僧袍的师傅。师妹说，你看见师傅旁边的那个剃头匠了吗？

嗯，看见了，但看不清。

他姓王，以后我介绍你认识。听了师妹莫名其妙的话，他下意识地摸了摸自己满头浓密的短发。

13

白云凤知道，见到那个字条后，师兄已多次找上门来。刚刚听到窗前的些许异样，虽声响很轻，但她却已觉察到，十有八九是大师兄又来了。帘栊一挑，梁五洲进了屋。不用谁安排，小凡马上去了院角的小屋，她放的是暗哨。

梁五洲急切地问，你怎么一直没回音，老家那边都急了。白云凤说，我到这儿后，不知什么情况，上线一直未和我联系。找不到上线，我基本就断线了。再说，经费在我手里，我必须保护好，同时寻找我的上线。

现在有进展吗？

还不是很确定。问你，咋没对上暗号呢？

因为你和组织失联后，为安全起见，暗语已换了。对了，两项经费都安全吗？

安全。说着话，白云凤回身把几张汇票递到梁五洲的手上。

师兄，说实在话，找到那把伞，纯属意外。那天我这儿的一个妹子去接个过路亲戚，下雨了就去小店吃了个饭，匆忙间就拿错了伞。回来一看伞骨有残，就嘟囔两句，恰好被小凡听到。小凡一看，伞把的图案眼熟，就给我拿来了，我也就知道是师兄你到了。而且感觉，伞把八成有东西。这一查看，吓了我一跳，竟然这么多。我知道，这应该不都是你个人的财产，应该是第二批经费到了。我就想好了，不论你是什么来路，我得先把经费保管好。

对对。是我太大意了，总算找回来了。

师兄，做记号的是私产吧？来，都在这，您拿好。咱们都是单线，还是你自行上交吧。

你留下字条后，还躲了我半个月，成熟了！

地下工作嘛，大意不得，你不也没接我的暗语吗！这半月你来了九次，我们其实已多次见面，只是不能搭话。

对了，你上线的事，用不用我帮忙？

不用，我知道你该走了，或许我们很快会在老家见面，我还要请王书记帮你落发呢。梁五洲一听，回了句：我也是这么想的。白云凤一下踩在梁五洲的脚上：你敢！

14

周全真的没想到，他憋了那么久的心头事，竟被眼前这个没认识几个月的人，给解了套。因为那个"丹凤眼"女人给小凡开的价，如果不是掌柜的出手，就是再等上几载，他可能也攒不够。

一出"大绣坊"的大门，周全就欣喜地说：这是真的吗，咱俩还能有今天？小凡一笑，捏了周全的手说：嗯嗯，好日子在后头呢！周全也跟着用力地点点头。

梁五洲也真的没想到，他这一生第一次做媒人，竟是在这个临时停留的小码头上：你打算把洞房放哪呀？

就我的老房那儿。

可那房子太小了，这样吧，你俩把我那屋子收拾一下，比你那房子大不少。

那不行，掌柜的，一是您得住，二是伞也得放那屋呀。

周全，我要走了。

什么，掌柜的，您要走？去哪呀？咱的店怎么办呀？

这些我都想好了。租金呢，我已给老掌柜汇去了两年的，你们两口子就踏实地干着吧。这些伞呢，我差不多也修完了，所有"伞"的活，咱往下就一概不再做了。

我走以后，你增加什么都可以，但这个"伞"的事，就半点都不可再沾了。这是我应下的，不能食言。

这？行吧掌柜的。不过您要真走的话，您是给我地址，还是年底您打发人过来呀？

到时再说，要是有缘，我们还会见面的。

掌柜的，您是天底下最好的人，我周全要是愧对了您的这份信任，我就，我就掉进前边那湖里去。

15

年根一天天地近了，周全说：媳妇，怎么样，都算好了吗？

好了，还真是不错，盈余了两千多呢。

行，我一会儿上街。

没多大工夫，周全就大着步子回店了。媳妇说：咋这么快？

别提了，没汇出去。

哦，那改天再去呗。

去啥去，账号少一位，根本是假的。邮电局的人说，地址也是假的。

假的？咋会呢？小凡边说边拿过地址条细看。这一看不要紧，竟还真有了新发现，原来，字条背面还有两个字：《春秋》。

《春秋》？周全突然想起，掌柜的临走曾跟他说，这本书不错，先放这了。周全马上打开书柜，啪啦，有几页纸从书里掉了出来。

周全打开一看，竟是这个店的房契和半笺小字：

周全：

　　这家店铺我已经买下了。货底也还不少，好好经营吧，我们相识一场，这是我送你俩的礼物。好日子还在后头，要多听小凡的话，做个更出色、更有用的人。

周全有些愣怔，"好日子在后头"，这话他觉得耳熟，更感觉亲切。他泪眼模糊地回头再找小凡，却见小凡已经出了店门。

周全忙喊：媳妇，你去哪，还下着雨呢！

凤姐那儿，一会儿就回来。说着话，她撑开伞，跑出门去。周全在后面嘟囔了一句：还凤姐？哪跟哪呀这是！

16

小凡去了"大绣坊"，却没有找到白云凤，因为刚刚，在报社把角茶叶店的包间里，一个新的遣返任务，又落到了已找回上线的白云凤手上。

雨，还在下，一把带有凤尾纹的油纸伞，正缓缓打开……

夜半马蹄声

哗啦，哗啦，哗啦……

永定河混浊的河水，从西向东，一刻不停地奔流着，加上百十米外的野渡渡口"七尺渡"往返的船只，哗啦哗啦的水声、桨声，摇橹声，还有长堤上行人的叙谈声，銮铃合起的马蹄声，曾经就这样地此起彼落，经久不息……

1

在永定河中下游朝南拐弯的地方，有一片硕大的野水滩。水滩四周是一大片茂密的野树蒲子，有柳树、榆树、杨树、桑树、夹柳、沙柳、刺槐、白蜡杆、杜梨、毛桃等。有高的，矮的；成丛的，成片的；挨挨挤挤的，独挑单根的，一个字——杂！

"水滩四周"？不，实际上，这片野水滩，只是三面有树，还有一面接水。这滩与永定河连在一起，也就是永定河冲出河道的，一片不大不小的外滩。附近村子里的人们，都叫它"海子"。

这片海子着实很神奇，无论主河道水丰水枯，这里的水，总不会枯竭。一辈辈的老人们说：这片海子，八成有千年的老龟坐镇，从来没干过……

海子没干过，这海子周边的野树，也就出奇地繁茂和阴郁，阴郁到无人敢贸然靠近。人们不敢靠近的原因，据说还有一个，传说林子深处有棵歪脖老树，能向人做出"请"的姿势，所以，这里就不光是乱葬岗子了，还是……

无人敢靠近吗，其实也不是，只是女人、孩子或单枪匹马的男人不敢靠近，大白天的时候，几个棒小伙子结了伴，还是敢去"走走"的。

那天，是几场阴雨后的又一个大晴天，王家庄的黑后生长胜，就带了几个小伙子进了林子。

他们有的拿了木棍，有的拿长把镰刀、四齿，摆着"一字长蛇阵"的样子，向海子西侧的树林子走了过去。当然，长胜是他们的大哥，自然也是长蛇阵的蛇头。

这片水域西侧的杂树尤为茂密，以矮丛为主，枝枝杈杈扎扎拉拉，赤橙黄绿紫，啥颜色都有，且多半叫不上名字。中间夹杂的歪脖老树，也长得横枝轧扎，树胡子早生，不成形貌，也就更增加了此处阴郁中的荒凉。

更渲染此地"阴郁"色彩的，还不是这自然生长的不成形貌的野树，还有这里散乱蜗居着的不下三五十的孤魂野鬼，也就是人们常说的乱葬岗子。

葬在这里的人，一般由五部分组成：一是早年发大水，在泥沙俱下中，从上游漂过来的无主浮尸；二是在百十米外的野渡附近，搭船过河失身落水的外地商旅；三是附近村外来人口病逝，无坟地可葬的人；四是附近村鳏寡孤独病逝且没有近支照管的人；还有就是，一生半世，默默守候这野渡的一代代的老船工。

借着中午三斤老白干的余威，长胜他们用手里的家伙，蹚过大大小小的土坟包，扒拉着乱蓬蓬的草丛和树蒲子，东倒西歪、踉跄地进了林子。

一个，两个，三个……

远远地钻在了头里的嘎子，大声地，壮胆似的数着远近的坟包。数着数着，就绕到了传说中的那棵伸出一根枯臂，向人发出"请"姿势的歪脖老柳跟前。他感觉好像看见了横伸过来的枯干老杈上，还有粗粗细细的几根绳子，晃来晃去。他哪敢细看，只好哆哆嗦嗦地提高了声音，二十五，二十六！

可那个"六"字还没吐出来，嘎子突然"妈呀"一声，慌忙向后退去。慌乱中脚下一拉，仿佛被什么东西撕扯住了，这下他可真撑不住了，只听其扯着嗓子喊了声"有鬼"，就身子一歪，倒在了另一座长满荒草的坟包上。

来子他们一听也顾不上脚下了，三步五步地赶过来。可刚刚绕过歪脖老柳，就被一丛艳丽的花束夺去了视线。远远看去，原来是一处新冢，那束捆扎在一起的艳丽的野花，就斜放在鲜土堆起的新坟上。

鲜土还没干，花束上的野花，也还在尽力地挺直着美丽的身躯，延展着其活生生的样貌。

他们哪里顾得上这些，七手八脚地，快速地撇起已口吐白沫的嘎子。才发现，嘎子的脚，是被当地的一种贴地皮疯长的拉拉秧给扯住了。拉拉秧是种多年生的缠绕草本，茎梗上密生着很多的倒钩刺和纵棱。五角形叶子的边缘，还有些粗锯齿和粗糙刚毛。其多生在沟边、路旁和荒地，在永定河故道细密的薄沙地上，更是横钻竖闯，长势十分旺盛。

由于哮喘作祟，加上气氛的空前紧张，脚下的三棱子草、软秧子蔓，哧哧溜溜，几次把长胜刚开帮的夹鞋夺下。长胜就不得不一次次地再穿上。穿上，夺下；夺下，穿上，这样，长胜就被落在后面。

长胜已不再是大小伙子，已是45岁的半大老头。但由于无妻无子，又得父母独宠，其虽已年过不惑，却童心不减，玩心不退，整天和周围的半大小子搅和在一起，俨然就是个孩子王。

待长胜赶到时，虽才短短的几分钟，但来子他们已把已缓过气的嘎子拖回了树林外。

长胜问：咋了，咋回来了？

嘎子惊惧着狂喊：有鬼，有鬼……

来子说：啥鬼呀，不就一座新坟吗！是拉拉秧扯你脚了，看把你吓的，头来时顶你咋呼得欢，现在退缩了吧。

嘎子说：有鬼，有鬼，坟头上还坐了个娃娃，拿着把花，还笑呢！

娃娃？这下，来子他们不再打趣了，只感觉头皮发炸，浑身发冷。之前的那点浑悠悠的酒气，早已挥发殆尽。他双手晃着嘎子粘了乱草的头：不就是坟包上那把花吧？

嘎子则瞪着他那双直勾勾的大眼，一遍遍地重复着：有鬼，有鬼……

同来的还有刘蛋和二国，他们也都战战兢兢地进入了状态。不由分说，几个人架起嘎子，向河滩外的长堤走去。林子边的草地上，就剩了长胜一人。

长胜虽体格稍差，但胆子不差。刚才嘎子的话，他听得一清二楚。不知是酒劲上来了，还是天生不信邪的倔劲再次复苏了，反正他是不走了，他一定要进去看看。看看他们说的那束花和抱着鲜花的似笑非笑的娃娃。

长胜深一脚浅一脚地进了林子，拉拉秧也没有放过他，手上脚上，但凡裸露的地方，都被拉上几条长长短短的血道子。在深秋燥热的余温中，那些血道子，时时把汗津津的痛痒，传到他身体的每根神经上来。但此时的他，已顾不上这些，他只想看到把嘎子他们吓得半死的"抱花"娃娃。

他转过几座老坟，鲜土堆起的一座孤坟，就倏地出现在眼前。他走过去一看，那坟包上确实放着一大把各色各样的鲜花，且鲜艳如初，可见，放上去还没多久。但，什么会笑的抱花娃娃，他却没看见，只看到了一张倒扣在地的纸片。

他想，没听说这两天村上有光棍啥的去世呀，看来，是附近其他村子的。他这么想着，就走过去，把坟包四周的乱草拔了拔，将拔下的草向远处抛去。他还意犹未尽地用长把镰刀，砍下了几截柳枝，并掐头去尾，把它插进了坟包旁的新土上。

做完这一切，他才喘着粗气往外走。让他没有想到的是，在不远处乱树的缝隙里，有一双眼睛，一直看向他……

2

长胜回到家才知道，经这一场惊吓，瘦弱的嘎子一病不起了。不是蒙头大睡就是在梦中惊厥而起，转着两只无神的眼睛大喊：有鬼，有鬼！

这下可急坏了嘎子守寡几年的娘。嘎子娘知道了嘎子的情况，便托邻家二婶和桂花嫂子照看嘎子，自个儿挎上个柳条篮子，颠着没裹多成功的半大脚，快步去了前街，去找会收魂的"高人"。

这个高人也不是别人，就是刚刚从河滩乱葬岗子折回来，一脚门里一脚门外的赵长胜。

他叔哇，我可没有埋怨你的意思呀，再怎么说，也是孩子自己愿意去的，怪不得别人。可是这十里八乡，就顶兄弟你道行高，也就只有找你了。孩子肯定是吓着了，您就辛苦一趟吧。她边说还边把柳条篮子，放在了长胜家院门口的里侧。

长胜看到了，也没说什么，就扔下那把长把镰刀，大步向外走去，倒把嘎子娘这半大脚女人，远远地丢在了后面。

嘎子娘看着长胜魁梧的身躯，消失在院前小菜园的尽头，轻轻地叹了口气。

嘎子娘进家门的时候，长胜已从她家出来。嘎子娘刚要问上几句什么，却见长胜没有停下来的意思，便欲言又止。侧过身，给长胜让出了一条道，之后便急匆匆地进院进屋去了。

他长胜叔给看了吗？

眼前，她最想知道的就是这事。

桂花嫂子说：看了。他来时正赶上咱嘎子醒了，正大喊着有鬼有鬼的。长胜哥就按住他的天灵盖，把他按回了炕角。你还别说，他这一按，嘎子一点也没反抗，顺当当地就退回了被窝，接着睡去了。

那，这就，就算看过了？

正说话间，嘎子又醒了，还是原模原样地大喊大叫，叫得人头皮发麻。

嘎子娘叹了口气，一屁股坐到了自家短木条封边的炕沿上。

3

嘎子娘名叫陆小花，今年四十一岁，虽已不是黄花大姑娘的模样，但天然的如雪般的肌肤，还是把她与同等年龄的村妇们拉开了不小的距离。

嘎子娘结婚那天，刚一踏进刘家家门时，便看见有三个年轻的后生，并排站在房檐下很显眼的位置。她知道，这三个人里，必有自己今天要嫁的人，是哪个呢？

肯定不是左侧那个，那么清瘦干枯，估计得比自己大个十几岁。也肯定不是右侧那个，那人脸上有道明显的疤痕，这点媒人和后娘可都没提到过。那么，肯定是中间那个了。高大魁梧，一脸的朝气，眉宇间还有几分俊朗。她便从心里，认下了这个人。

洞房之夜，窗外黢黑如墨，窗内两支裹了红纸的蜡烛，无声无息地燃烧着。摇曳的灯火把小屋拉扯得忽明忽暗。不胜酒力的新郎被两人架进来，并放到新炕上。然后，二人急匆匆地向门外走去。走在前头的高大魁梧，走在后面的脸上有疤，横躺在大红新被上的，便是白天站在左侧的最细瘦的那个。

哪个女人，都在自己心里最私密的空间，早早地勾画了一个框框。而被框进来的人，却在死命地挣脱，挣脱。有的把框框挣得支离破碎，有的干脆就跳出那个框框，或从来与那个框框渺无关联。

十五岁的陆小花，遇到的就是个比自己大七岁的有些木讷的男人。小花知道，这个人，就从没走进过自己曾画好的那个框框来。一段茫然的不知所措的悠长岁月，就这样匆匆地开始了。

这个看上去比自己大十几岁的男人，实际上比自己只大 7岁，只是天然的少白头加上黑瘦枯干，显得大许多。

陆小花虽还是十五岁的小姑娘，却没有这个年龄应有的娇气和笨拙。这与后娘的长期训教显然是分不开的。她擦了把眼泪，出门找了笤帚、簸箕，开始收拾起呕吐物和他那双粘了厚厚泥土、雪片的大棉鞋。

陆小花在婚后的第二天，才知道丈夫的大名叫刘春良。之前媒人一直叫大强大强的，原来只是小名。也难怪，谁让媒婆是大强的姑表长辈呢。也是在婚后的第二天，小花还知道了一个人的情况，那就是婚礼那天第一次见到的那个"高个子男子"。

高个子名叫赵长胜，二十五岁，有一手不错的木工手艺。她屋里结婚用的小桌、小凳、木头箱子、梳头匣子等，但凡是木质的，不管新的旧的，基本都出自他的手。特别是那个梳头匣子，那纹理，那做工，咋那么精致，那么顺眼呢！她觉得，这婚房里全部的风景，就在这只梳头匣子上。

小花把梳头匣子抱在怀里，仔细地看了又看。突然，在梳头匣子的内侧，发现了一处雕凿极浅的纹路，也是整个梳头匣子唯一有雕凿纹路的地方。虽纹路极浅，但仔细看，还是能分辨出来，竟是一朵五瓣的小花。

其实时间一久，小花还发现，凳子上小桌上，几乎所有的木器上，在某个不显眼的地方，都有这样的一朵小花。她突然想起，前院她叔伯三姨也就是他们的媒人家，也有几件木器，她就想，得抽空去看看。

这天，机会来了。前院三姨过来对小花婆婆说：大表嫂，您娘俩谁去我家帮我照看会儿孩子，孩子感冒了，我去买点药。

小花赶过来说：三姨，我妈也感冒了，我去吧！

三姨：那好哇！咱走吧。

三姨家的小豆豆躺在土炕上，乖乖的，不哭不闹，这下，揣着想法的小花，就有了充足的"做事"时间。

小花先是搬起手边的小凳，心里默念着：没有，没有！

嘿，还真没有！小花喜上眉梢。接着又看桌子、椅子以及衣柜的外侧。除了衣柜，其他都没有。

小花心里无来由地熨帖，就差衣柜了。衣柜外侧没有，底侧看不见，要看，就得看内侧。但，尽管是三姨家，也不能打开人家的衣柜呀，再说，还是叔伯姨家。小花回头看到了炕上躺着的豆豆，这才想起，是来帮人家照看孩子的。于是赶紧走过去，帮孩子曳一下被角，问道：豆豆，喝水不？

豆豆摇摇头，只是报一个甜甜的微笑。小花爱怜地在豆豆的小脸蛋上，捏了两下，而后突然问道：豆豆，咱冷不？

豆豆"哦哦"地看着她。这下，小花有主意了：咱再加一件单子哦。

于是，她快速地打开衣柜。说实话，她没看到衣柜里有什么衣物或被单，她竟上下左右地看内壁了，直到三姨推门进来，她都没有发现。

小花，找啥呢？

三姨，您那么快就回来了。我在找……

你觉得我回来得太快了？

不是，三姨，哦，豆豆有点冷，我在找个单子，给他加上。小花白皙皙的小脸，倏地抹上了一层红晕。

三姨指了指炕角的被服垛：那儿不是有吗！

哦，也是，我没注意！

小花从三姨家回来，真是喜忧参半。喜的是三姨家的木器上，件件都没有那朵"小花"，包括衣柜的内壁。忧的也是那件"衣柜"，三姨八成是想多了，而且自己却无法解释。

这下，小花更认定了自家木器上的"小花"，是长胜哥有意为之。长胜哥咋就提前知道俺叫小花呢？她心里第一次埋怨三姨，为什么不把自己说给长胜哥呢？

多日后，小花才知道，当年三姨还真曾把小花介绍给过长胜。

那一年，三姨家门口的大榆树被风搁倒了。三姨夫想卖掉树换把子钱，但三姨不肯，说：算了，就当没有这棵树，做几件家具吧。三姨夫听惯三姨的号令，况且，和三姨结婚时，也没置办任何的家具，想做就做吧。

趁着天不太冷，说干就干。当晚，三姨两口子就去了老赵家，请长胜。

赵家老娘爽快地说：行，他在宋庄做活呢，说是明儿晚上完工。他一回来我就让他去。

长胜没有亲娘，一岁多就没了。后来，爹就娶了现在这个因不生育、被婆家一纸休书给休了的娘。再后来，这个娘就真的没再生育。老少三口相依为命，这个娘，也就更像个亲娘了。

三姨还去了小花家，对姐姐说：姐呀，后天是我村药王庙会，连赶庙再上我家住几天去呗！

在旧时的农村，赶集上庙，姐妹间相互走动走动，小住几日，是很平常的事，小花妈二话没说，应下了。

但第三天，小花妈虽然来了，长胜却没来了，因为他的哮喘又犯了。

三姨一看，三姨夫肉也买了，菜也备了，米面也拉来了，只好另请了南街的另一个木工师傅。

虽然三姨没能让小花妈看见长胜，但还是和她提及了此事，并把长胜夸得一塌糊涂。小花妈也听得声声入耳，很是满意，只是不经意间问了句：那他咋都二十五了还没成亲呢？

这时三姨才不得不说：他呀，就是有哮喘。不过不太严重，就冬天犯几次，但人家木工手艺好呀，能挣钱……

小花妈二话没说，脸蛋一沉，扭身出溜下炕，穿上鞋头，包上头巾，顶着小北风就走了。

三姨觉得再拦也没意思，眼瞅着姐姐出了院子，叹了声：唉，不就个后娘吗？

4

嘎子娘望着蒙头折腾的嘎子，不知所措，叹了声：孩爹呀，你要是在，也能拿个主意呀。

嘎子爹虽然身材矮小，但瓦工手艺不差。在王家庄这个不大不小的村子里，甚至是浑河两岸，也是出了名的。

那年，小花家要翻盖房，三姨听说后，忙介绍了大强他们。

那天，一进门，三姨多少还有点别扭，"哮喘"那事过后，她不知姐姐是什么态度。

小花妈说，这个人我听说过，手艺不错，就他们吧。

快坐快坐，小花，来，快给你三姨倒水来！

率直的乡下妇女，敢说敢做敢甩脸子，但就是不记事。这已是"哮喘"事件的第二年，所以小花妈早把那件事扔在了脖子后面，对这个多半年未露面的叔伯妹子的热情，丝毫没减。

喊了小花没来，小花妈才陡然想起，小花上午就走了。她姥姥病了，她被大舅接走，伺候她姥姥去了。

唉，老喽，老喽，这臭记性！

小花家这次盖房，正巧赶上个不错的档期，大强一下给带去了十几个大小工。所以没几天，大架子就起来了。小花爹也是个泥瓦匠，剩下些小零活，就都交给了小花爹。春良的大队人马，就去了另一个村子。

虽然才短短几天，但憨厚灵巧的大强，还是给小花妈留下了不错的印象，加上把工钱的零头抹去，这让小花妈十分满意。

见到姐姐脸上灿烂的笑意，三姨的说媒瘾又上来了：这个小瓦匠咋样，老爹老娘都是厚道人，就这么一个，再说人家有手艺，能养家呀……

就是人矮了点，还不及咱小花高呢。对了，有没有啥病根呀？

姐姐，放心，这个啥都没有，就是矮点儿黑点儿瘦点儿……

5

刘春良的那场意外，是在大前年冬天发生的。那天，是他带着师兄弟大小工十几个人，去榆树沟给人盖房的最后一天。他知道，天一天天地冷了，完了这份工，也就差不多上冻了。他就不出去了，在家收拾收拾院子，劈劈柴，整整灶，就该赶集办年过货了。盘点下今年的收入，还可以，比去年多了不少。他在想，也该给老婆买点啥去了。对，说去就去！

拿定了主意，就对弟兄们说：吃完晌午饭咱就回家了。你们自己安排吧，我想拐个弯，到镇上买点东西，就不跟你们一起了。

小兄弟也有几个想去的，搭了四五个，就一起出发了。

冬天天短，借着酒劲，他们几个推着独轮车，装上家什、行李，很快上了镇西口的大桥。过了大桥，就是镇中心了。他要买的头巾、布料、棉线等，就在镇中心主街道的万盛百货商店里。他心里着急，脚下用力，一下落了弟兄们好远。他正心里得意，未提防迎面过来一辆大拖拉机，竟也没看见一样，径直朝他开过来。砰！一声巨响后，他和一大段桥栏杆都已掉进了桥下的冷水里。

6

而得到消息的那一刻，小花正在屋子里，对着梳头匣子上的那朵小花发愣呢。

村子里三十岁以上的光棍汉，还有十几个，年龄跨度不下40岁。像长胜那个情况那个年龄的，在过去太常见了。此时的长胜已四十有五，愈加多发的哮喘，已把他堵在冬天的屋子里，即使是其他的春秋三季，他也不太出去做活了，只是左邻右舍的，还能勉强应下。

小花在之后也没太与长胜哥有多少接触，但不知为什么，在她的内心深处，就是放不下他，总觉得他们之间，有什么不同于常人的地方。为此，她让三姨怀疑为贼，也无所谓。

后来，她在三姨家，还辗转知道了三姨家的家具，不是长胜哥给做的，还在丈夫口里知道，浅纹路的小花，是长胜哥做家具的标志，不论在谁家，也不论在哪件木器上，他都会浅浅地雕上朵五瓣小花。但陆小花心里不认可，她认可的，只有自己的家具，只有自己梳头匣子里的小花。

他咋就知道俺叫小花呢？她看着梳头匣子底面的小花，为自己自欺欺人的执着，翘起了小巧的嘴角。

正此时，刀疤脸李三哥气喘吁吁地跑了来：嘎子娘，出——事了！

这个重磅消息，把小花手里的梳头匣子，砸出了四五米，咔嚓嚓，盖底分开，她每天擦抹每天把玩的梳头匣子，摔断了！

她再也顾不上什么梳头匣子，而是小步变大步，磕磕绊绊地随着李三哥而去。

7

这几年，长胜的身体竟直线好转了。至少，在正常的天气，也可出去几天做做工，或到地里干些活。而且冬天里只要穿戴齐备，也可四处活动了。这对长胜来说是个意外，同时对长胜的老母来说，也是个意外。身体转好的长胜，似乎像变了个人，每天哼着小调出来进去，见谁都一副笑脸。冬天的早上，他也早早地起来，见到硕大的太阳，滴溜溜地跳起来，他便欢喜地伸出双臂，像是去拥抱。

娘看在眼里，乐在心上。四十多岁的人了，咋还像个孩子？对孩子当娘的就要操心，既然身子骨好些了，就该再给他张罗张罗亲事了。长胜娘的眼睛，就盯上了已寡居三年的陆小花。

这天，长胜娘带了一大兜子排叉儿，去了小花的三姨家：呦，瞧我们豆豆，越长越高了，都像个小伙子了，来尝尝二奶奶给你炸的排叉儿。

二婶，他都多大了，还排叉儿呢，您可别这么惯他。

这娃从小就懂事，村上人都喜欢他。我家长胜就老夸他，说他将来一定有出息。

长胜娘终究是来求人的，说话越发地暖心了。同时，也把话题转到了长胜身上。

对了，二娘，长胜兄弟今年多大了，我看怎么越来越显年轻了？

他呀，生日小，周岁才四十有三。现在医药也多了，营养也多了，他的身体也恢复了不少，冬天也能自在活动了，你看他天天美的，跟个孩子似的。

他可不就还是个孩子吗，有句话不是说，一天不娶媳妇，一天就是孩子吗？对了二婶，我正想跟您说呢，您觉得嘎子娘咋样，就是有俩孩子还要上学，日子累了点。

嘿，瞧你这话说的！有孩子好哇，过日子过的就是孩子，有孩子，屋里屋外多热闹哇，没事，我喜欢。我天天起得早，还能给娃们做做饭，吃完饭好上学呀。

婶您这一说，我就有底了。这两孩子是苦了点，他们娘，家里地里的活太多，早饭多数是吃不上的，不易呀！要真能成喽，也是孩子们的福哇！

他嫂子，那就说定了，拜托你给说说去哈，说说去。

二婶，您同意了，不知长胜兄弟他……

他呀……他嫂子我跟你说，这就是他的意思。

是吗，那就好办了，婶您等着听回信吧。

说实话，三姨也没有太大把握，因为自小花翻她家衣柜的事之后，她一看什么也没少。家里仅有的十几块钱，依旧在格子里放着，没有一点翻动的痕迹。她就想，是不是孩子就是在找单子，是不是她冤枉了这个苦命的孩子。想到这一层，她就觉得那天的话太严厉，太露骨了。但说出去的话，泼出去的水，收是收不回了。从那时起，她明显地感到，外甥女陆小花来家的次数少了，她也就觉得见面有些不自然，也就去得少了。

如今，长胜兄弟毕竟是身子带病，她会是什么态度，自己的话她还愿听吗，她一点把握也没有。

但想到孩子太小，小花也不老，孤儿寡母的艰难劲，她还是硬着头皮去了。

二十几分钟后，她就回来了。外甥女就回了两个字：不嫁！

为了回应正热切盼望的二婶，她还特意问：为什么呀，是因为他的病吗，这两年……

三姨，不是他，是我自己的原因，让您费心了！

你的原因？

嗯！

8

三姨走后，陆小花却哭出了声。这是自己倾慕已久的男人，但她却不能嫁给他。因为春良出事后，看着哇哇大哭的两个孩子，小花猛地醒悟了。虽然她与长胜哥没有丝毫的不恰当行为，甚至长胜哥连一眼都没多看过她，但她还是执拗地认为，春良的死，是她整天心心念着别人造成的。

她不能不自责，不能不反省。平心而论，春良对你不好吗？这刘家一家人对你不好吗？是谁在大冬天早早起炕，烧水掏炭，用炭火盆把你的棉衣烤热；是谁在你闹口想吃花生时，半夜半夜地，用火盆烧了花生给你吃；是谁把挣来的钱，一分不剩地交到你的手里，而且从不问钱的去向；是谁不论挣钱多少，都会在每次出门回家时，给你至少带一件大小礼物。这次出事，不也是……千不该万不该……她越想越后悔，越想越内疚。她起身捡起摔落在墙角的梳头匣子断片，向灶间走去……

但她终究放下了斧头，没有一下子劈下去，只是把它远远地扔到了杂物的后面去了。

长胜哥，对不起，我不能嫁给你，我不能在春良刚刚走后，让自己的私情，延续成事实。要不，你就给我些时间吧！

给些时间？多少呢？她自己连一点点概念都没有。

但这样的话，她不能说出口。首先，不嫁的原因本身就无法说出口；第二，"给我些时间"的话更不能说出来。长胜哥孤单了半辈子，好不容易身体好转，要成个家了，不能说这样的话，不能耽误了他。所以，她感觉自己竟找不出合适的词，只好吐出了这么简单的两个字：不嫁！

长胜不是个愚钝的人，甚至很通透，会看事。天长日久的，他早已从陆小花的眼神里，看到了些内容。所以这么多年，他才稍稍地去走动，去露面。毕竟朋友妻嘛，要彻底避嫌。再说，自己这身体，还能去想这些不沾边的事吗！

但令他没想到的是，现在的嘎子娘，竟然还是不肯嫁给他。他明白了，是自己看走眼了，人家花朵一样的陆小花，怎么会在那样的花季，多看你一眼，你毕竟是带病之身，想多了，想偏了，想过头了。但他没有太过伤心，甚至都没发几天蔫，毕竟，身体得到了不少的恢复，能更多帮年迈的爹做些事，能更多些年月陪伴娘，这才是大事，是这辈子的大事。

冬去春来，几乎有些生龙活虎的赵长胜，甩开膀子，重又混进了发小、哥们儿的行列，甚至挑头去闯什么乱葬岗子野水滩。

9

那天，他看了嘎子的情况，心里这个悔呀，自己老大不小的，咋就这么闹得没谱，竟带着孩子们闯什么乱葬岗子，嘎子要是出点事，自己怎么对得起春良兄弟，又跟这孤儿寡母的怎么交代！

他知道，收魂只不过是个心理安慰，嘎子真正需要的，是解开心结。

第二天一大早，他就叫了老娘，安排她去把嘎子娘带来的那篮子鸡蛋，给送回去，顺便去陪陪早已六神无主的嘎子娘。还说他有个事，得出去一下。

娘二话没说，拎起鸡蛋篮子，又开柜拿出仅有的一大包红糖，匆匆出了院门。

长胜在院子的把角，抽出了一根上下等粗的白蜡杆棍子，出了门。

他拐过街角，径直顺道向村北大河滩方向而去。

长胜是有些胆子，这在村人们眼里，是与他的木工手艺齐名的。但只有长胜自己知道，其实，他的胆子也没多大，多数时候是硬撑的，谁让自己好玩，好当兄弟们的老大呢！

但今天为了嘎子，他的胆子竟陡然大了起来。他要一个人去闯乱葬岗子，他要知道那天，嘎子究竟看到了什么。

好在昨天才来过一次，也算是轻车熟路。长胜没怎么费劲，就进了林子，来到了那座新坟前。

那坟，还是那样新土未干。那束花，还是他摆放的样子。但令他惊讶的是，在坟冢的边上，竟真的坐着个手捧花束、一脸坏笑的小娃娃。

这一惊非小，使个五大三粗的赵长胜，倒退了好几步，并四仰哈天地摔在不远处的另一座坟包上。

妈妈，有人来了，有人摔倒了。

长胜更是一惊，怎么，那小孩还会说话？

长胜腾地站起身，见除了新坟上坏笑的小孩，并无他人。而那个一直坏笑的小孩，分明只是被柳棍撑起的一张画。

长胜又一次坐在了草地上。

妈妈，您快点呀，那叔叔又摔倒了。

随着这一声童音，乱树蒲子后面，竟真的闪出一个短衣短裤的小女孩，而这个小女孩，除了稍大一点，跟画上坏笑的小孩，很是相像。这一发现，让长胜浑身发冷，他不禁打了个哆嗦。

正在此时，从树后又走出一个人，这回是个女人。这女人放下布袋子，走过来和小孩子一起，扶起了长胜，并略略蹙下眉说：没事吧？

没事？差点没气！

但大男人不能说这么泄气的话。

没事没事，大姐您咋上这里来了？

这个说起话长，您看看摔伤了没有，看还能不能走？

这一问不打紧，长胜这才感觉到，脚有些疼，而且已有了肿胀感。他知道，多半是扭伤了。

这样吧大兄弟，我们扶你到我船上休息一下，我也会些跌打扭伤的土法，给您治一治试试？

那就给您添麻烦了！

好在，这里离小船没多远，三个人很快就上了船。

上船后，女人麻利地将长胜的鞋子扒掉，沿着红肿的地方摸了摸，说了声忍着点，就下了手。长胜只觉得脚腕子猛地疼了一下，就真的没多大事了。

长胜这才打量起了小船和这个从天而降的女人。

小船就泊在乱葬岗子外宽大的土阶下。这是个很破旧的小木船，陈旧的油漆早已斑驳，舷板上已有大量的裂纹和破损的凹陷。双桨在两侧的铁环里，静静地横斜，时有几尾细长的小鲢鱼，在桨的另一头，撒欢挑衅。

再看这女人，约莫三四十岁的年龄。宽阔的脑门，被一缕垂落的刘海儿掩去了一小半。深棕色的发丝，把绝无仅有的几根银发，掩蔽在似有似无中。女人最大的特点，便是她大大的眼睛。虽有些忧郁，但却隐含着这个年龄少有的清澈。

聊下来他这才知道，女人叫袁金凤，是离婚后来这里的。

丈夫是当地有些名气的乡医，在袁金凤怀第三个孩子时，丈夫却染指了一个常去医馆看病的女人。在她第三个孩子满月那天，那女人挺着大肚子找上门来。女人还是个大姑娘，且有点轻微的跛脚。知道自己有这个缺陷，这个有些心计的女人，便盯上了曾对她动手动脚的乡医。乡医有技术就有收入，且对她动心动情，除了大了十几岁，别无挑剔。她甚至安排好了自己在医馆的差事，把脉一时半会儿是不会的，就帮他抓抓药吧。

女人还打听到，他有个端庄而漂亮的妻子和两个孩子，且马上就要生第三个孩子。这些，也多少让她倒退了几步，但心底的欲念，还是在空寂的暗夜里，滋生得枝叶烂漫。

在一个细雨淅沥的夜晚，她以肚子疼为名，一头扎进了只有乡医一人的医馆。

10

大肚子女人说：这孩子是你们白家的，我也愿意嫁他。我表叔是在县里做事的，他说这是最好的解决办法。

乡医走到金凤面前，低着头说：怎么办？

金凤抱着刚满月的幼子，愣怔怔地瞪着空洞的眼睛说：百天，过了百天再说！

乡医如逢大赦，点头如捣蒜！

三个月后，百天不足，那边已开始操办婚事。间隙，婆婆和大姑姐过来说，西口你表叔家的磨坊好几个月不用了。他是你家亲戚，你找他说说，就搬过去吧。把三小留下，俩丫头你带走。

大姑姐已三十有八，但其"拣尽寒枝不肯栖"，挑挑拣拣的就是不嫁，优哉游哉地在家当起了老姑娘。而且帮娘出谋划策，成了多嘴多舌、多事多非的二婆婆。

凤子说：不用，我都带走。

二婆婆说：那不行，男孩得留下，他爸不要我要。

凤子说：你休想！

嘿，就你现在，养得活这么多吗？

活一个是一个，他们就这个命！

不行，三小就得留下。

那，手续我不办了！

还真让两婆婆说着了，她在这里没什么亲戚，只得去那个远房表叔家。

表叔家只有三间小土房，两代人挤挤挨挨，很是不便。好在院门外的老磨坊，已闲置了几个月。

表叔表婶都过来帮她刷糨糊，溜门缝，清屋子，扫尘土。好在 10 月初，天还不是太冷，村里最能帮各家各户，张罗红白喜事的青枝嫂子，送来的两床烂絮，也算解决了最实际的问题。

入夜，月光如水。大风，又一次掀动了屋顶上白天才补上去的苇箔，月光便不失时机地洒下来。

她这些天一直处在失眠状态中，每天睡不上两三个小时。来表叔这里今儿是第三天，更是整夜不睡了。冷风刺刺啦啦地吹响着身侧草铺子上的细叶，节奏单调而尖冷。她再次帮孩子们披披絮套，搂紧了怀里刚刚睡熟的幼子。

两行泪，不争气地顺着眼角落下来，冰凉。她不知自己的出路在哪里，更不知今后的日子该怎么过。她甚至怀疑，把孩子们都带出来，是不是过于冲动，过于执拗，过于不现实了。但她不后悔，再让她选择十次，百次，她也是这个答案。

她正胡思乱想之际，突觉小木门处有点动静，这动静有别于大风吹动的任何声响。反正也是和衣而卧，她便不声不响地从地铺上起来，并拎起根烧火棍，移向了门口。门被从里面一把拉开，清亮的月光下，一个黑影迅疾地向表叔家柴草垛后面跑去。凭直觉，她断定是村里那个有名的光棍二流子。她一边喊站住，一边把手里的黑头烧火棍，向那个黑影投去。烧火棍并没有打到那个人身上，但却引起了表叔以及邻居家的一片狗叫声。

表叔表婶听到动静，马上猜到是凤子娘几个有事了，忙穿衣下炕，来到磨坊。紧张而慌乱中的凤子，似乎刚缓过神来，一把抱住了表婶，泪如雨下。

这之后，表叔便把自己那条心爱的小柴狗，拴到了磨坊外。

但几天过后，那小柴狗就被人下药毒死了。

从表叔的哀叹声中，凤子意识到，他们这一家子人，给本就艰难度日的表叔家，带来了多少麻烦。

望着地铺上那两条烂絮和裹在烂絮里的三个孩子，想想今后的渺无光亮的漫漫岁月，她不止第一次地想到了死。

自从那个挺着大肚子的女人出现，到她决绝地走出他们白家大院，这个念想就出现了无数次。但却从来没有像今天这么清晰，这么完整过。她甚至安排了孩子们的去处。一个送到姥姥家，交给还没有生孩子的舅母。两个留给表叔家，表叔只有老母和老伴，四十多岁了还没有一儿半女。留在表叔家，好歹冻不死，饿不死。

离婚真不是件长脸的事，所以，尽管千难万难，她也不想把消息传到娘家去，给爹娘添堵，给兄弟添烦。见不到至亲的娘家人的面，她只好把她的预想，告诉了才七岁的长女美云。

美云不知娘的用意，便笑笑说：娘，美云哪也不去，只跟着娘，娘去哪，我去哪。

凤子摇摇头，一层水雾，自那双失神的大眼睛，飘向了黑沉沉的夜色里。

见孩子们都睡下了，她从墙角的布兜里，拿出了出嫁时娘家那套陪嫁的红段子嫁衣，缓缓地穿在身上，并依次掖好孩子们的被角，便出了小木门，向村边的那口水井走去。

这原本是口甜水井，在漫长而艰辛的岁月里，竟先后有三人跳井而亡，把个好端端的甜水井，变成了无人问津的闲井。以至于村人们传说，这井，已经有了法力，但凡有这么一点点想法的，就会在走单了的时候，不知不觉地走向井台。还说，但凡走向井台的人，是没有任何犹豫时间的，只会径直地走过来，然后，跳下去。这还不算，村里会跳大神的神婆李大脚还说：看着吧，现在是两男一女了，下一个，一定是个女人。

神婆的这项预言，八成就要落在自己身上。早在孩子满月时，凤子就已自觉地对号入座了。

凤子静静地向井台走去，像是在验证神婆的预言以及人们的传说，虽速度不快，但脚下真的没有丝毫的停留，真的没有什么犹豫。

她左脚已登上了井台的台阶，而就在这时，她听到了一个童音：妈妈，您等我呀，我追不上您。这一声喊，终于留住了她登上井台的脚步。

她回头一看，是冻得直缩脖的大女儿美云，身后竟还有一个人，竟是曾送了他们两套烂被的青枝嫂子。后来她才得知，自那天赶走那个黑影后，热心肠的青枝，就暗暗组织了几个村上的媳妇、后生，自动组成个巡逻组，专门在暗地里看管这一家落难的母子们。

青枝嫂子说：要不你们去我家吧。我家房西山有个小耳房，虽然房子破旧，但好歹是在院子里，应该就安全些了。

第二天，也就是在进腊月的那一天，凤子娘几个，搬进了又一个新家。

新年一天天近了，这是娘家人必来看望姑奶奶的日子。凤子知道，这下再也瞒不过去了。

腊月二十五，在远处隐隐约约的鞭炮声中，娘家弟弟的马车来到他的新家前。当然，马车先去了乡医家，然后才知道这震撼的消息。

这个年，凤子是在娘家过的。直到出了正月，又过了二月二的龙抬头。凤子知道，过了那么踏实的一个年，是到该走的时候了，但，他们孤儿寡母的，何处才是他们的落脚之地呢……

这个尖锐的问题，不仅在凤子的心尖上，同时也在老父老母以及兄弟的脑子里。

嫁！

所有人的解决方案，似乎都集中在了这一个字上。但带了三个孩子的母亲，能嫁谁呢？

这天，邻家白二奶奶来了说：她有个远房侄子，早年在浑河沿上摆渡，再加上河里有的是鱼虾，混个八成饱没问题。这个人不会过日子，有点钱了就喝酒，没房子没地，再加上常年在外，现在 60 来岁了，还是单身。听说这两年走船吃不饱了，就在河滩上开出来几片地，据说，还真是够吃够喝。对了，他虽说没房吧，倒是在河滩上挖了个地窨子，顶有棚院围着，遮风挡雨的，还说得过去。不过岁数可不小了，总爱喝酒，身子骨也不太强，我也两三年没见着。就这么个情况，你们要是……我就让大小子跑一趟。

当时，凤子就在外间屋里洗涮，她知道，她该出场了：二奶奶，您让我大叔辛苦一趟吧。只要他容得下我的几个孩子，我就嫁！

三天后，白二奶奶的儿子和凤子的弟弟，特意跑了趟十几里外的浑河滩七尺渡，找到了正窝在屋子里喝酒的老船工白春儿。白春儿像是病了，趴在炕上懒得动。但这一重磅消息一出，白春儿立马起身下炕，把酒葫芦一丢：就一个要求，得让娃们叫我一声爹。哪怕就叫一声，我白春儿这辈子也就不白活了。

七天后，凤子娘几个进门那天，白春儿实际上已病了十几天了。饭不香，水难咽，脑门热，身子冷。但，这一天的大喜事，还是把他从土炕上，直拉到了院子里。

不需什么过场，刚刚走进婚姻的两个人，就已经各就各位。白春儿给孩子们换上粗布的新衣新帽，而凤子则下厨，给白春做了一碗发汗的热片汤。

这一碗带有女人气味、家庭暖意的热汤面，像一剂强心药，把病恹恹的白春儿，拉回了暖融融的春色里。

白春儿的地窖子还算不错，总共两大间，一卧一灶。当晚，白春儿就把自己的被子搬到还算宽敞的灶间……

11

已是初春了，院子外高高矮矮的树木，都已柔软了枝条。远远看去，水边向阳的沙地上，已有了朦朦胧胧的笼地的绿烟。渐渐变薄的冰碴，在细小的微风里，咔咔作响。绿袅袅的水雾，在悄悄解冻的河床里，在时隐时现的片片水面上，向河滩上摇曳的枝条飘去。脚下的泥土明显变软，篱笆下最后的残雪，已悄然遁迹，但白春儿的镐头，却再也刨不开已松软许多的地垄，他这下是真的病倒了。

凤子他们刚来那天，他把被子抱到灶间临时搭起的木床上。凤子就想，也对，把暖炕留给孩子们吧。但凤子仔细看时才发觉，这床也太窄了，怎么放得下两人。

白春儿看出了凤子的疑问，一把把她拉到自己的床上，坐下，微笑着对她说：去吧，到孩子们那边去睡吧，那边暖和。

可是？

他娘，实话跟你说，我快六十的人了，比你差不多大了一半。再说，我已病了很久，也很重了，我不能再拉你垫背。

你这叫啥话嘛！如今你已是有老婆的人，应该……

他娘，孩子们脆脆生生地叫了我一声"爹"了，我这辈子就值了。可你还年轻，我不能……再说，我常年喝酒，又懒得做饭，饥一顿饱一顿的。几十年下来，这身体，也真的——不能咋的了……

可你？

我听到了你们的情况，就想起了我多难的老娘。你们不知道，我娘和你比，其实，其实就差两个孩子……我就想，我到底还是有点小积蓄的，帮帮你们娘几个，顺便也当回爹，哈哈，过过瘾！

可我？

啥也别说了。这点地，咱先种着，起码够你们娘几个吃喝。等条件合适了，咱就到村口去盖几间房，咱三小不能像他爹一样不争气，在半野地娶媳妇是吧，哈哈。到时……算了，到时，我八成也就……

春儿哥，我凤子可是奔孩儿爹来的，您不是看不上我吧？

傻妹子，你那碗热面汤，早就把我的心暖热了。我真的病得很重了，在我之后的日子，有孩子们陪伴，有你的热面汤入口，值了！我白春儿怎么也没想到，我能有这么圆满的结局。妹子，我想谢谢你，谢谢你呀！

不，孩儿爹，不能这样……

去吧，妹子，累了一天了，去睡吧。明天，我把家里的事，说给你……

这之后，凤子和白春儿，白天就清理院子，起垄，挖菜畦。其实，只是凤子在干活，白春儿只在旁边走走，看看。晚上，白春儿就教几个孩子认几个简单的字，顺便教大丫头美云——画画片。

白春儿从小就喜欢画画，河滩、地垄，都是他的画布，花鸟鱼虫都是他的素材。而偏偏大女儿美云，也有这个天赋，这让他十分惬意。美云追前追后，问这问那，二丫美琪也不饶他，让他给做风筝，扎毽子……没事他还要抖一抖，逗一逗宝贝儿子。这下，已走不稳、站不直的白春儿，竟还成了忙人……

这天，凤子端上午饭，白春儿说：妹子，要不咱喝两口？

可是他爹，我不会喝酒的，这样，我看着你喝。

没事，你喝一点点儿，今天是你们来这满一个月，咱也祝贺祝贺。

那行，春儿哥，我就试试！

这天，她们喝了酒，碰了杯。白春儿褶皱的嘴角，翘起了一抹久违的红晕。

春儿哥，这是我第一次喝酒！

白春儿动动嘴，但只是微笑，什么也没说。其实他要说的是，这可能是他最后一次喝酒了。不错，白春儿没说出的话，到了傍晚，就得到了确切的验证。五十九岁的老河工白春儿，油尽灯干，走完了他孤单而又圆满的一生。

凤子抱着儿子，和女儿们一起，送走了孩儿爹白春儿。有儿有女的白春儿，安详地离开了他的柳篱、他的小院和他挚爱的这个热气腾腾的家！

12

长胜听着这故事，端详着故事里的人，仿佛自己也进入了故事之中，忘记了来路。

大兄弟，尽说话了，快晌午了，我去家里给你拿些吃的，吃完你也该回家了。

凤子的这句话，算是把长胜拉回到现实。

不用了，大姐，我还有事。那您今天这是？

哦。今天是孩儿爹的三七，我们这是给他烧烧纸，送送花，他是个有儿有女的人，这样的事，不能少！

可是，那坟包上画的小男孩？

哦，这是大丫画的她弟弟。我说，三小太小，明天就不带他去了。她说，她爹一定想弟弟了，画个画，让他爹看看。就是这孩子给画得大了几岁。这不，昨天画好了，俩孩子昨天就忙着送过去了。

大姐，我有个事，就不细说原因了，但我想借您大丫的那幅画用一用，您看行吗？

凤子轻轻一笑，是不是为昨天那小兄弟的事呀？

昨天？您知道？

嗯，我看见了。孩子们出来我不放心，就跟过来了。听到有说话声，我就没走……兄弟，你是好人呀，从你给陌生人坟墓拔草又插柳的样子看，您就是个好人……行，兄弟，拿上那张惹事的画，去办您的事去吧。

大姐，我是借，完事后就给您送回来！说这话时，长胜对自己产生了怀疑，总觉得还有些意味，是在送画之外。

凤子含笑点了点头。其实，那么一幅小破画还用还吗？凤子也觉得，自己点头应下的，也在"画"之外。

13

长胜赶到嘎子家时，还不是太晚。他一看，娘也还在，正焦虑地与嘎子娘小花说着什么。他也没顾得小花的问话，便直直地走到嘎子躺着的火炕前。他知道，长痛不如短痛，嘎子的情况，必须得下点猛药了。

嘎子，嘎子，醒醒，醒醒了，坟地那小孩可来了哈，你不醒，他就要抓你了。

嘎子娘虽听着长胜哥的话有些离谱，但，她不会去阻拦，因为他认为，长胜哥说什么做什么，就一定有他的道理，女人家不好太多事。

其实，虽上次没允婚，但在她的心思里，已把长胜哥当成了主心骨，甚至是当家人。她想，不是吗，我说他不能丢下嘎子不管呢，这不，回来了！

在嘎子受到惊吓后，这一会儿嘎子娘终于能踏实一些了。

这剂药真是太过猛烈，嘎子一听，立马放声大喊：鬼，鬼！妈呀，鬼！然后三把两把，把被子扯向本已包裹严实的头上。

长胜说：嘎子快看快看，我把鬼给你抓住了，快看！长胜说着，一把扯下嘎子身上的棉被，嘎子呼地坐起来。长胜就势一伸手，便把手里的那幅坏笑小男孩的画，推到了直愣愣的嘎子脸前。

嘎子"啊"的一声，身子向后倒去。过了不知多久，才悠悠醒转。这一睁眼，第一眼就看到了长胜叔手里小男孩的画像。小男孩坏坏的，且正在和自己做鬼脸呢。

是他吗？不就是张画像嘛。就这点胆，还敢跟我闯乱葬岗子。给我起来，吃饭！

嘎子看看娘，看看赵家奶奶，又看看画上的小男孩，曾空洞洞的小眼睛里，飘起了丝丝久违的神韵。

14

陆小花得到长胜哥要娶媳妇的消息，是在一个初夏的下午。

那天，好久未来家的三姨，突然风风火火地进门了。她几步跨上灰黑色砖头垒砌的炕沿，扯过炕上的烟笸箩开始卷烟。锥形的土烟卷卷好了，就慢悠悠地点上，当第三个烟圈散去后，三姨才慢悠悠地说：听说了吗，长胜要娶媳妇了。

自从嘎子受惊吓那件事以后，嘎子娘终于想通了。他爹呀，不是我对不住你，女人身边是得有个男人。我以前是惦记过长胜哥，但我们之间干干净净，没有丝毫的不当。现在，我还是选了长胜哥，你要谅解呀？

主意打定，嘎子娘的日子就发生了明显变化。有时剪几个窗花，贴在门上、窗上；有时摆弄摆弄已被她糊好粘好的梳头匣子；有时对着小圆镜子笑笑，原本白皙的脸蛋上，便由白转红，间或，还有几句低低的小调，飘在屋里屋外。

她在等，在等三姨重新上门。不，不光等，她近来也三番两次地前去三姨家。虽没跟三姨说什么打紧的话，但却给了三姨充足的机会。她想，三姨是个透亮人，早晚会想到的。这不，晌午头刚过，三姨，来了！

陆小花一时没太听懂，只是低下头笑笑，说：他妈妈又去找您了？

找我干啥？这回呀，是人家自己找的。哦对了，也有媒人，还是我！

三姨就是个热心人，找您就找对了！三姨，他爸——也这么久了，我也想开了。女人嘛，总要……

不是不是，花儿呀，我说的——不是你，是——是，算是河沿村的吧，另一个女人。叫啥来，对了，袁金凤！

三姨说这些时，总算降下了一些分贝，毕竟，外甥女的眼神，她还是懂了些的。但这样的声音，在小花听来，还是如炸雷般惊爆。

啥？说啥？袁金凤？哪来个啥金——凤呀？

花儿呀，这长胜也不容易，岁数也摆在那了，也是该找个人了。反正咱也没看上是吧，从你妈那到你这……好了，我该走了，还要给人家——办那个事去呢。

三姨把烟蒂丢在脚下的白泥地上，用脚踩了又踩，这才撩门帘，出了门，出了院儿。而这一系列动作，却没得到外甥女小花的任何回应，自然更谈不上个"送"字了。

三姨出了院门，如释重负。打长胜娘找她当媒人，两天了，她就是不知该怎么和外甥女去说，现在说了也就踏实了。唉，花呀，没有哪片树荫是原地不动的，你怪不上三姨呀！

15

长胜的婚事，就像展了翅的喜鹊，在浑河南岸不是很大的王家庄村的家家户户，飞来荡去。

四十五岁的人了，终于等来人生的春天，这是长胜一家的大事，也是村人们的大事。长胜是谁呀，好人呀！谁家炕上炕下，没有他做的家具？谁家的房柁房檩，没有他斧头锛子的痕迹？还有，即使都没有，人家也给你家孩子收过吓着啥的吧。人家收吓着，放下自己的事，随叫随到，还啥礼不收。村人们似乎到现在才知道，长胜不仅是个能人，还是个打着灯笼也难找的大好人！这样的人，早就该娶妻生子了，早就该成家立业了。快，今天轮到给他帮忙了，快走吧！

呼啦啦，没有喜帖，没有通知，全村的人，却几乎一家没落。

有出锅碗瓢盆的，有出桌椅板凳的，没什么可出的，就出人出力吧。

呼啦啦，这院里院外，街头巷尾的村人们，除了有正式差事的，大部分是来看新娘子的。

听说了吗，新娘子，盖了，像画上的大美人呢！

啥美不美人的，能跟咱长胜好好过日子，就行！

听说还有三个娃子呢，长胜嘿，现成的爹，牛！

长胜听了这此起彼伏的吵嚷，快步走开，直把帽檐拉向其通红的、灿烂的笑脸。

偶尔抬了下头，却不想，竟与一道湿答答的目光相碰。虽只那么轻轻的一碰，那柔柔的、慌乱的一瞥就远远消失了，消失在村人们给搭起的简易的喜棚子后面去了⋯⋯

16

又一个暖融融的春天，悄然而至。

这天晌午刚过，大丫美云跑进东屋说：奶奶，不好了，我娘肚子疼。

娘，不知咋的，以前也没这样过呀。啊，疼呀！还有十几天呢，不会是提前了吧。啊！

长胜娘急了，拉过长胜：快，不管是不是，快去请白三娘！

白三娘是个手艺极好的接生婆，这在附近的村子里名气很大。长胜娘又吩咐老伴：你在这没用，快去，快去请他三嫂过来帮忙。

长胜娘口里的三嫂，也就是陆小花的三姨。

都打发出去了，长胜娘可就忙欢了。烧水，铺炕，糊窗户，找旧衣破布……太突然，一切都在准备之中，又还没有准备太好。长胜娘知道是自己的不是，又自责又欣喜，就都放在了当下的手头上……

白三娘在屋子里好一会儿才出来，出来就沉着脸对长胜说：有点问题呀，咱丑话得先问在前头，万一……要大人，还是要孩子？

长胜娘刚要上前，却被长胜挡在了后面：三娘，咋的了？哦，要——要大人要大人。咱仨孩子了，要大人。

白三娘长出了一口气：都给你！放心，没事，我在谁家都是这么问的，没事哈！

长胜倒退了两步，竟一屁股坐在了泥地上。

直至此时，长胜母子也还不知道，白三娘除了是她们请的接生婆之外，还有一层身份，她还是凤子老家白二奶奶的亲侄女。

凤子怀孕之初，长胜娘就喜颠颠地请来了白三娘，来给说道说道。这是乡下的规矩，接生婆不用交钱的，但前前后后总要好酒好菜地请上几次，人家也辛苦嘛！

那天，这一坐下来，话就多了。说着说着，凤子竟在这么陌生的地方，扯出了个娘家人。况且，白家这娘俩的娘家，竟是——竟是凤子前夫白乡医的本家！经多见广的白三娘啥事不知，啥理不懂？在咬牙切齿间，两双女人的手，握在了一起。

白三娘接着说：没事，还早呢，差不多得明早上。

长胜娘这才踏实了一些。一转眼，又看到了刚从地上爬起来的长胜，老太忙发号施令：胜儿，借车去，趁太阳还没落山，快去接他姥姥！

长胜找了车，铺上被褥，就去找最会赶车的嘎子。

嘎子娘扯过嘎子，背过身，低声说：见了要叫姥姥，知道不？

嘎子轻轻地点点头，抢过了长胜叔手里的鞭子。

马蹄声声，回荡在永定河初春的长堤上……

盯上了我的那个人

总有一双眼睛，时不时地瞄着我，真的，这是我到永宁镇几天来的很确定的感觉。

这次我的这个单独行动，多少有些冲动，毕竟两千多公里，我又是个被哥哥姐姐们宠笨了的孤单女子。但，我还是来了。

单相思式的失恋，对我这样一个大龄女子来说，很有些压抑甚至是挫败感。趁着年假，我还是以"自然消失"的跑路方式，出来了，就当是散散心吧。

女友们说，"跑路"，是很多失恋男女的解压方略，说总比回老家强。但凡心里不痛快，都会或多或少地挂在脸上。当父母的问吧，是啰唆；不问吧，是纠结，总不如山南海北地自我消化，来得更简洁，更妥帖。再说，我也不是纯跑路，我是进班学习呀！赶巧了的话，说不定，还会有咋样咋样的意外收获呢！

大姐，今晚您只能一个人住了。明天人来齐了，再给您加人。晚饭后，我被接待员小姑娘叫住了。

行吧，几楼？

正要跟您说呢，三楼。不好意思，一楼二楼咱预订的房间，都满了。

行，三楼人多吗，我有些怕吵。

这倒合适了，一点也吵不了。疫情之后，你们是第一批客人，我们还没接待其他散客。

你是说，我一个人，住一个楼层？

姐，是这样！不过，绝对不吵。

跟谁吵呀，鬼呀，喊！我真想踹上两脚！哦，不是那笑眯眯的小接待员，是想踹我自己。我干吗近段时间喜欢上了"鬼故事"；干吗今天一路上，看了三四篇泰国恐怖小说；干吗，两腿迈不开步，我……

我硬撑着接过房卡，拎包向拐角的电梯挪去。这时，不知为什么，我感觉有双眼睛，在悄悄地瞄向我。这是我第一次与这道目光"接触"，而且是背后。

我一回头，见大厅把角的沙发上，有三个人在低声地聊着，不像有人注意我，我便迈步进了电梯间。

电梯里有一面很宽阔的玻璃，是的，不是镜子，是面玻璃墙。但我还是不自觉地向玻璃墙瞄去。我看到里面有个迷迷糊糊的影子，应该不是我，感觉它比我瘦。

我进了房间，顺手把房门牢牢地关闭了。稍加洗漱，我便躺倒在柔软的大床上。随即，抑制不了诱惑，又悄悄掏出了路上看了不足一半的恐怖小说《鬼影》。

我刚要打开书，突然一个念头猛然闪现，刚才电梯里的影子，为什么——比我瘦，不是我，是谁呢？我猛地感觉浑身一紧，刚刚打开的小说，马上合上了页面，关了灯。而就在此时，我听到了过道里，极轻极轻、由远而近的脚步声，清晰地停在了我的房门外。

不太大的会议室里，坐满了前来参加笔会的小说文友们。有的扯着对方的胳膊小声地说；有的半跨上后桌的桌面，大声小喇地聊。而我两眼一抹黑，没有熟人，这样，我脑子里，瞬间就飘出一个名字——"孤独的牧羊人"。

我独自选了稍稍靠后的座位坐下了，正要拿出杯子去取水，一闪身的工夫，又感觉到了那道瞄向我的目光。这下我下了决心，我要找到那道光，找到它！但这时会议主持人宗杰老师宣布讲课开始了。

这一整天，都是讲课，上午一位，下午两位。按议程，明天还有一位重量级大作家登台亮相。午餐据说是很不错的自助餐，我由于持续减肥，下课后就直接进入了下一程序——床上看《鬼影》。

分明记得，我是定过铃音的，但还是多睡了半个小时，真是见鬼！

我很知趣地绕到了会议室的后小门，坐在了最后排。感觉除了讲课老师，好像没有人发现我迟到。我意识到了坐在后排的好处，不仅出入方便，且身后再无那道不知来路的"目光"。课上在讲小说，到底是自己喜欢的东西，我很快地就进入了角色。

主讲人是位六十开外的女作家，简历上说，其已发表小说十余部，光获大奖的长篇就已有三部。这些我不看重，都是名校中文系的尖子生，不出点作品，才奇怪。我只要"干货"，只想听小说写作与投稿的诸多细节。

我一心一意地在听课，但不经意间，我突然发觉，那道"目光"又不约而至。我猛侧身一看，后排空无一人。其实，就连我坐的这一排，也只有我自己。

我愕然！

但，当我再抬头听课时，奇迹发生了，我竟找到了那道"目光"的来路，它竟然来自正在与我面对面讲课的那位老师。当我俩的目光直线交错时，那道目光的奇异，让我无法描述，但一定有凝视、探寻、聚焦，等等。以下讲了什么，我已不大清楚。

我刚刚走进我的房间，就听到床头柜上的座机电话一阵急响。还没等我反应过来，新住进来的文友大姐，就一把抢了过去，我想，她一定是在等一个很重要的电话。哦哦，好，好。

小妹子，找你的。我放下手里的水杯，赶忙去接。一听，像是会议主持人宗杰老师的声音。他说：是左金环吗，余老师邀你来她房间一趟。记着哦，是 1015 室。

她找我？好哇，我也正想找她呢！我没有怠慢，拎上随手的小包，就出了房门，进了电梯。

一同进电梯的，还有两个不知是不是本期学员小姑娘。其中一个兴奋地说：萍萍你快看呀，这个电梯的玻璃好可爱，把我变得这么苗条了。我要真这样，还减哪杆子肥呀！另一个也说，我也是，还长高了不少呢，感觉好好呀。前一个又说，就是不太清晰，不然我们得拍几串照片去刷圈圈了。两个人看上去开心得不得了，手拉手出了二层的电梯门。我赶紧走过去，转了转身，挺胸，提臀，昂首，算是过了几秒钟的模特瘾。

敲门进了 1015 室一看，不错，正是那位下午讲课的女老师。

她对沙发上的宗杰老师说：宗杰，麻烦了哦，我们聊聊，尽量不要让其他同学过来了。听了这话，宗杰老师点点头，说还有事，很快出去了。

金环同学，我们好像在哪见过，从你第一天来，我就有这个感觉。

天！我听闺密们说过，初次被男友追时，一般就是这样子的起始，但今天的场景和人物都不对呀。我说：我也有这个感觉。我其实也并未违心，这一近距离打量时，竟也感觉眼前这位大我差不多二十岁的女子，竟有些莫名的眼熟和亲切。

我昨晚本来去了你房间，但见已关了灯，就没打搅。天！

是她呀，当时都把我吓坏了。

我冒昧问一下，你是半里铺村的吗？这下我必须认真对待了，因为在我的个人信息里，只有现在在县城的住址，没有任何老家半里铺的字眼。

哦？是的。余老师，这个您怎会知道。

听了我的话，她上前几步走过来，拉起我的手说：因为，我也是！

什么？可我——我村没有姓余的呀！

嗯，那么，有姓白的吗？

有呀，前街白家大户，二十几家呢。

对呀，我叫白玉环，后来笔名就叫"余欢"了。

白玉环？天，没错，凭她眉宇间那颗很显眼的"美人痣"，就可断定，眼前这位大作家，正是早年那个放羊姐姐白玉环。我模糊记得她四十年前的样子，那时，她是村里最漂亮的姑娘，也是穿戴最破旧的一个。但她最大的特点，还不是这些，而是个一天学没上，几字不识的纯文盲。几字不识？是的。因为"白玉环"三个字，她还是认识的。之外，还有三个字她也认识——左金山。

左金山就是我的二哥。

我二哥上过学。那时，村里的男娃和女娃子都上过学，只是时间长短不一。我二哥上学时间很短，大概不足一年，据说还带着二十几只羊。上课间隙，还要到小操场外的荒沟里，去看看羊，看看头羊拴牢没有。年底前，已半膘子的半大绵羊，竟然少了一只，我们全家以及东西院得到消息的邻居们，就全出动了。坑里，井里，苇塘里，浑河的坝里坝外，找了好几天，但一无所获。二哥一天没有吃饭，第二天就跟村里的老校长说，他不想上学了，怕误事。老校长也没说什么，就从抽屉里翻出个很新的作业本和半支秃铅笔，交给了他。然后拍拍他的小肩膀，摇了摇头。

二哥如获至宝，他自己舍不得用，也不让我碰。但我已瞄见，他把它们用油布包好，放进了东墙的"灯窑"里。

这个灯窑，其实从来也没放过灯。因为家里早已用有灯罩的煤油灯了，不需要灯窑了，所以灯窑的功能也发生了变化，变成了大人们"贵重物品"的保险柜。

灯窑很高，当时，我登了杌凳也是够不到的。但这个拿不到的"新"作业本，就成了我的小小心结。那段时间，我天天盼着自己长高，家里没人时，我就试着够一够。

二哥再放羊，就不在学校操场边上了，大都去浑河故道的河滩上。一边放羊一边洗澡，还能摸到不少大鱼小鱼，带回家去解解馋。二哥的羊群也一天天壮大起来。

河滩上有很多放羊的老头或小孩，他们都是二哥的伙伴。但二哥最合得来的就是前街口白家的三丫头白玉环。他们把羊赶到一块，然后就上滩打草，下河摸鱼，也逮鸟，抢干棒，打锥锥。有时，我二哥也在细沙上，用柳树枝歪歪扭扭地写一些字，画一些画。二哥多数时画羊，有吃草的；有顶架的；有"仰天长啸"，像是呼唤子女的；还有追追跑跑的。环子看着就惊奇得不得了。二哥写字，其实写得并不好，但在环子的眼里，那就是绝品了。有一天环子说，二哥你就写写你的名字呗，我二哥就在沙滩上写了三个字。

这就是左金山？

不是，这是"半里铺"。

连村名你都会写呀！再写写你，写呀。环子在一旁催得厉害，我二哥就又在半里铺后面写起来。二哥写一个，环子就念一个：半里铺，左金——写呀，写山呀。

你认得这些字？

不认得，可我知道你在写这几个字呀。

二哥很俏皮地一笑，我没写我名字，写你呢。

写我？半里铺，白玉——写呀，写环呀。

可我，也不会了。没事哦，晚上我问问东院我三哥，明天写给你。

那行，那咱写你吧，写——左金山。

大河滩上到处是野柳棵子，绿梗红梗的都有。绿梗的到处是，红梗的不太多。有一天，二哥用镰刀打了一大把红柳条，放到地上说：我给你编个篮子吧。

好呀。你会编吗？

你看着呗。他俩一个摞柳条，一个编，一会儿工夫，一只精致漂亮的花边小篮子，款款落成了。环子一把抢过来，举到眼前，左一眼右一眼，看了个里外透亮。她说，没想到你还会这个。还早呢，再给我编一个呗，我要送我小妹妹一个。

行。等你出嫁时，我给你编一摞。哦，对了，你长大要找个什么样的对象呀？说到这，我二哥突然想到了一个事：对了，你早就订亲了啊，听说做满月那天订的是吗？

是，我爸告诉过我。我妈生我时，难产，后街刘家大叔正好来借手推车，赶上了。大叔就七八里地推车接来了宋庄他会接生的表姑，才把我救活。我满月时，还给刘家大叔送去了十几个鸡蛋，我爸就随口说了这样的话。

可大民那个——你，愿意吗？

愿意。我知道，所有人都说他长得丑，可是，可是——他已经上到了七年级，明年就考县里学校了。我喜欢——喝过墨水的人。

那时，已十五六岁的我二哥，瞬间垂下了头。

后街——说是后街，其实离村子很远，差不多二里吧，已基本挨上浑河大堤了。那里姓刘的居多，都是早年从口外逃荒过来的。后来他们砍了些堤里的老柳，围起个棚子，就栖下身来，经早些来的老乡介绍，就成了前街老白家的佃户。刘大民就出生在后街的刘家。当然，家里虽还穷得不行，但早已不再住柳围子那样的房子了。

刘家不过是个普通得无法再普通的人家，好在，这几辈人都老实巴交，勤勤恳恳。在偌大个村子里，人缘不错，绝无污名。

大民一天天长大了，"担儿挑"——我们那块儿，把姐妹们婚嫁的男人，叫作"一担挑"，叫俗了就是儿化韵的两个字，"担儿挑"。"担儿挑"赵树清说，你手里攒那俩钱儿，给咱民子翻盖翻盖房子了吧。同是"担儿挑"的刘德富却说，不急，先紧着上学吧，民子喜欢念字。

刘家的房子一年比一年破，但刘大民的学习成绩却一年比一年好。在他家漏风漏雨的"四角硬"矮房子四面混黑的土墙上，都已贴满了大大小小的奖状。因为漏雨，刘德富还用几块塑料薄膜，分片分段地包起来。

县里中学可是大学堂，但凡上到中学的，都想去那里。那时上中学，跑关系的极少，基本凭成绩。据说刘大民考了个全县的前三名，自然就很顺利地入了校。村里老校长家访时，拍拍大民的肩膀自豪得不得了：探花呀，咱校出的！

县里中学虽是大学校，但高考的消息，还是在不到两小时时间里，散播无遗。什么？考上七个？谁，谁，谁第一？刘大民？哪个刘大民？半里铺的？考进"南开"了，名校呀！很快，远在半里铺的老校长也得到了消息，一向沉着稳重的老头，扯了刚洗好，还没怎么干透的那件蓝布上衣，边走边穿，疾步向后街跑去，边走边喊：状元，状元，这回是状元！

奇人就该有奇貌！这样一来，这刘大民前门楼后勺子，大嘴叉子凹抠眼以及小细胳膊小短腿，就都成了十分上乘的优点。浑河湾里这个地图上，邮票那么大点的半里铺，瞬间沸腾了！

那时，乡间除了过年偶尔唱场戏，一般没什么热闹。百十户的村子里，红白喜事就是最大的热闹了。村子不太大，谁家有事，差不多家家出动，落不下个三五户。但村里刘家最大的热闹，却没热闹起来，因为，刘家一桌带客的席面也没办，没有喝到喜酒的村人们，只好默默地盯着这家人的进进出出，想从中窥出些门道来。

刘白两家的婚事，虽未怎么操办，但还是履行了娃娃亲时的婚约，正式地领证了。只是这"刘白"两家的喜事如此简办，真正地给村人们"留"了"白"，年前年后，人们议论了至少两个年份。有的说刘家尽上学了太穷，办不起喜酒了；有的说状元郎看不上大字不识的农家女了，强被逼的婚。那句乡间很流行的俗语，这下可派上了用场：好汉子没好妻，赖汉子守花枝！而且，精妙的村人们，竟把这句话来回用，像"回文诗"一样，感觉不论用于男还是用于女的身上，都十二分贴切。

但村人们的议论，很快就沉寂下来，因为，几个月后，这个早就失去父母，跟着后娘长大，从没出过远门的白家三姑娘，要随丈夫迁居到"天津卫"了。

五岁的金环，见她最后一面时，是她出村口去十多里外的镇上，去赶进城的长途车。二哥站在村口荷塘边的老柳树下说：小环，你敢把这个送给三姐姐去吗？

那有啥不敢，给我。说着，金环一把抢过二哥腋下的不太大的油纸包，向已走出半里多路、马上要上码头登船的三姐姐跑去。

几年过去了，到三年后金环上学时，已经长高的金环，还是再次偷偷地登上杌凳，去翻了灯窖。但她把灯窖翻了个遍，也没找到二哥悄悄藏下的那个油纸包。不过，当时学生们的作业本，已不再是什么大不了的"奢侈品"，金环也就把这事放下了。

三姐，咋是您呀，我说咋有点眼熟呢。这么多年……对了，您——不是？

你说我不识字是吧。没错，在我二十四岁之前，我的确只会写几个字。

我进城后，也是我和你姐夫婚后第二次见面时，他冷冷地跟我说：街道有个清洁工的工作，你愿意的话，这两三天可以去上班。

我说：不愿意！

他有些愣怔，回头看着我。我说，我想上学。结果，你姐夫一下子站起来，二话没说，马上从上衣口兜里，抽出一支钢笔，递给我。你知道吗，我们结婚半年多，见了两次面，相处了四五天，这是我第一次看到了他的笑容。

上学？姐都二十多了，可咋上学呀？

这的确费了一番周折。总的来说吧，我是从三年级开始学的，之前的基础课，基本都是你姐夫教我了。拼音，算数，点横撇捺。那段时间，我每天差不多只睡三五个小时。这样，我跟了三年班，初中就跟不了了。不过中学校长听了我的情况后，倒是给我想了个好办法。说你就在我们校，上班吧，管收发报纸和打铃。只要不误了工作，你就可以旁听任何一节课了。这样，两年后，我就回小学那边去讲三年级的语文课了。

姐，您好棒！后来呢？

后来我又上了"夜大""函大"和两个职工大学，就是在

"月子里"，我都没落下课程。没多久，我又调回到中学那边去教毕业班的语文课。其间，我时常写些业内业外的文章稿件，后来就加入了我们中学李校长所在的区作协，开始了小说创作。听明白了吗，小环，除了"夜大""函大"，你三姐至今也没有很正经的学历，甚至连小学的学历也没有。可是，这并不影响我读书呀，文字不也是学历吗！若有了个很充足的文字库，学不学历的，我从来就没在乎。

等等，姐您说说，您的这些变化，姐夫怎么看？

他呀，曾跟我说了一句话。

什么话，您快说。

他说，你要是从小上学，成绩肯定比我好！对了小环，尽说我了，说说你，什么时候开始写小说的，现在写得咋样了？

姐，不行呀，我这人没常性，之前喜欢诗词，后来受我二哥影响，喜欢画画。对了，我二哥画的画可好了，经常获奖，他现在都是咱县美术协会的理事了。只是——只是……

只是啥呀，咋突然这么腼腆了，嗯？

只是，我二哥他至今……她不知该不该把二哥至今未娶的事，说出来，毕竟三姐姐现在是有夫之妇；毕竟他们当年的往事，她知道的只是些碎片，一时无法拼凑起来。

只是，二哥他画的都是些咱河边的景物，小羊、小狗、小树林啥的。

这就对了，就应画最熟悉的物态呀！天啊，这是个大好消息。老人们去世后，我一直没怎么回村。只知道他好写写画画的，没想到还真画出了名堂。

姐，我还想问问，我五岁之后俺俩就没见过，您怎么就认出我了呢？

你的名字呀，你的名字是你二哥给你取的。那天，我们在大河滩放养，你哥说，二丫都半岁多了，还没个大名。我们一时也想不出，你哥就说，干脆，借你一个字，就叫左金环吧。你想想，你这个名字我能记不住吗？不过，最关键的是，你和你大姐长得太像了，连走路的姿势，都是一般无二的。

对对，好多人都这么说。姐，我还有个小问题哦。当年我二哥送您个小包包，里面是什么东西呀？

哈哈，小环，这个你也想知道？

嗯嗯，想！

你没问你二哥吗？

我问了，他不说，还告诉我不许把这事说出去。到底是啥呀？

哈哈，鬼丫头！三姐用手轻轻地点了下我的额头，我感觉这时的三姐，又是浑河边沙滩上举着个小篮子叽叽喳喳的环姐姐了。

对了小环，今晚和我住吧。

好哇！我想三姐姐一定是要给我开小灶，讲小说了。

咱聊聊，你二哥……

金榔头

永定河的沟沟沿沿，滩头坝尾，湿淋淋的——润！

岸边，清爽爽的晚风中，榔头被一角长巾召唤，小豹子般飞下了长堤。

一只野兔跳起，先是惊诧地看了他，而后迅捷地向沙岗子奔去！

六月过礼，八月成亲，七月干啥？

七月嘛，当然是绣帘腰、绣枕面，对，还得给你绣个红肚兜呢……二丫浸在甜丝丝的遐想中。

那我呢？

等！

可我，等不住!

嗯，那你就，就下到河里，给我捞鱼捞虾。对，还要打些水犀柳子，给我编几个盘盘篓篓的，以后用!

编多少?

嗯，多少呢? 我今年 18 了……

哦，明白，18 个! 行，3 天准完!

你呢，21……

也加上?

你妹，我妹，各 16 岁……

什么?

还有娟子、兰子、二妮……

停，停! 干啥呀!

这回等得住了吗?

你?

榔头嗔怒地看着二丫，接着，飞也似的跑向堤坡，又噌噌几下，爬上他爬了不知多少回的茂密的柳树丫杈上。

……

卢沟桥一声炮响，北平的七月，血雨腥风!

二丫正绣着的红肚兜，掉在了……不，是被踹门声震落在屋地上。紧接着，又被一杆滴血的长枪，挑了起来。

鬼子兵一把抓过兜肚，嬉笑着，在自己的身上比来比去，而后，逼向墙角……

二丫死了! 那个浸了二丫鲜血的红肚兜，就盖在她白惨惨的脸上。和她并列躺在一起的，还有娟子、香草等 20 多人。

好在，二丫死得还安详。因为她是为救扛着编篓、突然跑进门的榔头而死的。

风起了，浪掀了，弯弯的永定河，震怒了！

不久，在冀中人民自卫军吕正操部的队伍里，出了一个抗日的传奇人物，他的名字，就叫金榔头……

双枪柳二妮

二妮从铁匠铺出来，已是午夜。

自上次救了王政委，打造铁珠的计划就正式开始了。

河沿村村东北，曾是永定河故道，常年雨水和渗堤水汇集，形成方圆十几里的湿地，蒲草深处，繁衍着数不清的鱼虾、野鸭和十余种有名无名的水鸟。

柳二妮的弹弓绝技，就是在那儿练就的。

二妮无兄无弟，只有姐妹两人。姐姐性格文静，言语不多。十几岁时，二妮就摸鱼逮鸟打群架，成了脚踏浑河两岸的野丫头。

就在二妮浑天浑地地傻玩时，天，突然变了，鬼子来了。

而大妮就是鬼子进村后的第一批受害者之一，她就撞死在发大水挂柳用的粗木河桩上。

也是从那时起，二妮百发百中的弹弓，便从野鸟转向了裹了尿布片似的鬼子头上。

这天，八路和鬼子正打得胶着，恰好二妮从姥姥家回来，马上加入了战斗。但她没枪，只好用弹弓打。

突然，她发现一个鬼子正横枪对准给她们妇救会讲过课的王政委。于是她毫不犹豫、抬手一弹，正打在鬼子兵的手腕上。

得救的王政委建议她打造铁弹丸。

得了她令的栓柱哥，二话没说，沿村收了三天的废铜烂铁，为她打了足足半袋子铁弹丸。

她的铁珠，打了汉奸打土匪，还打爆了一个日本小队长的脑瓜瓢！最出色的一次，是独立营端炮楼时，她以远程且无声的优势，打掉两盏探照灯，也打开了她进入独立营的通道。

得益于弹弓法的娴熟，她的枪法竟在短时间内突飞猛进，且是双枪！

又一个鱼肥稻香的季节，她来到姐姐的坟前：姐，咱的仇已报了，我要走了，报大仇去了！

王政委提醒说：柳副营长，我们走吧，预定的时间快到了！

王长顺

山坡下，两块拾边地中间有棵独立的大松树。

朝来荫上张三地，夕去影盖李四土。但却因地边地垄问题，两家人基本没在同一片树荫底下闲坐过。

当那两块地三年合同到期时，近水楼台的这两家，明火执仗，为续包问题打得热火朝天。而不知深浅的东街王五还一脚蹚了进来：风水轮流转，这回也该我包它几年喽。

张三平时有低血糖的毛病，晚饭拖下去，有些吃不消。浑身无力，心里发慌。他顺手塞了块水果糖，咔咔地嚼起来。

老婆一看急了，生拉活拽，总算拉走了一方。

李四不屑地瞪了眼王五，嘴角高挑，凯旋而去。王五则肚皮一腆，哼着小调也走了。

但三方以及村人们都知道，这个事还没完！

当晚，一场暴风雨突如其来。沟沟岔岔、大坑小塘全部水满。

早上，李四的儿子从外面跑了进来：爸，您快去看看吧，地边那棵树，倒了！不是，反正——你去看就知道了……

倒了？

消息不胫而走。当李四赶到时，树旁老老少少，已结实地围了几个圈。

……

入夜，满地积水泥泞难行。张三夹着伞刚上小桥，迎面碰上一个人，正是李四。

三哥，你这是？

我……

他们一起来到王五家。张三嘴快：五叔，我身体不大好，地太多，也种不过来。

李四忙上前：五叔，我孩子们也不在家，那地，我就不包了。

不，不，你们开的荒，不容易。我够吃够用……

原来，在昨晚倒地大树的树坑里，人们发现了一具白骨和一把锈迹斑斑的大刀。头骨下的石块上草草刻着：七连三排排长王长顺。

王五的爹就叫王长顺，失踪多年至今。据说早年在二十九军的大刀队里，是个威震敌胆的传奇人物……

爷爷的雷雨天

咔嚓！晚饭刚上桌，阴嗒嗒的天空，竟响起了一声炸雷。

爷爷腾地从饭桌上站起，一把拉起我：不好，有敌情！快，杉木林！这时候的爷爷，眼睛不再混浊，脚步不再迟滞……

只见他迅速地拎上猎枪，我则伸手抓过两把雨伞，打开角门，下了坝……

我是我们黑山寨已连任3届的村支书。

老房改造时，我主张，跨院的角门继续保留，因为爷爷，他喜欢！

我和爷爷冲下了堤坝，绕过一棵棵百年老松，向前摸去。

这时，护林的老奎叔迎面走来。我忙拉了下奎叔的衣角：

老奎叔，什么情况？

看到眼下情形和忽明忽暗的闪电，老奎叔扯住爷爷的胳膊，压低声音说：有敌情，伤员们已经撤了！

爷爷也压低声音：撤哪去了？

你家！

快回去，快！爷爷调过枪口，消失在夜色里……

当年，爷爷是个身手矫健的青年猎手，我们黑山寨周围的大山，就是爷爷的猎场。大山的山洞、沟谷、古树，悬崖，没有他不知道的，就连那些拧犄角的羊肠小道，也都是他和他的几个猎手兄弟踩出来的。

那年的一个午后，大山里来了一支队伍，他们大都面色瘦黄，一袭灰色的衣裤，很是破旧，只是裹腿打得还算结实。几乎是清一色的草鞋，还经过了荆条子的再三缠裹。更打紧的是，他们或头上或腿上、臂上还包着渗血的灰白色绷带。爷爷抄小道赶在了他们前面，并试探性地把随身带的一兜干粮、腊肉和土酒，挂在了他们要经过的路边树疙瘩上。

他们一下就发现了这些。几个小兵如获至宝，争相抢在手里，并急忙举到一个头缠绷带，手拄木棍的人跟前。爷爷当时想，那人一定是他们的长官。但那人没接这些，还跟他们说了些山南海北爷爷听不太懂的土话。

后面的事情就简单了。爷爷从树后转出来，把当兵的重新挂回树上的兜子取下，郑重地交给了那拄棍的。他这才知道，那个人也不是什么官，只是个伤比较重的老兵。他们始终没说是什么部队，爷爷也不便多问。但在爷爷的印象中，他们态度和蔼，相扶相助，在那样连日阴雨、缺粮少药的境况下，依然保持着说笑、哼歌的情趣。

爷爷喜欢上了这些人……

他当夜回了趟家。没跟家人透露一点消息，却扛着家里的糙米、土酒、狍子肉和全部的草药，从屋后跨院的角门溜走了。

那次，爷爷是十天后，被后山罗家寨的瞿爷爷带人抬回家的。

多年后我们才知道，爷爷靠山里通的优势，要把这支走散的二三十人的小队伍，送过山去。他们白天急行军，晚上宿山洞，绕开溪流、乱沼、沟壑，奔走在弯曲的羊肠小道上。但第三天下午，电闪雷鸣中，还是有架敌机向他们直冲下来。

那老兵见状，大吼一声：隐蔽！话到手到，他一把把走在身边的一个战士，推到了几步外的不大的石磙子下。他刚想就地趴倒，却见毫无战斗经验的爷爷，还站在小道上，愣愣地东看西看。老兵扔了手中的棍子，几步蹿到爷爷身后，顺势一个"猛虎扑食"，把爷爷结结实实地压在了身下！在他们倒地的一瞬间，头上敌机丢下三枚炸弹，把他们脚下几步远的羊肠小道，炸成了几尺深的断崖。

那次轰炸，这个二十几人的队伍，牺牲了7人。年龄最大的是拄棍老兵，38岁，最小的扛锅小鬼，仅仅15岁。

鹰嘴岩下的杉木林，堆起了一地的坟茔。

一片弹片，还是钻进了爷爷的右脑。虽经当地名医瞿老山人的竭力抢救，但从那时起，爷爷的思维就停滞在了炮火硝烟中。

有一年，爷爷被请去了县上一趟，并拿回了个红本本。村里人这才确切知道了他遇到的救他一命的人，是北上长征的红军。那片坟茔就成了爷爷的根据地，年轻时打猎，年老时护林、修坟，差不多每天必到。爷爷最得意的一句口头禅就是：三天怎么了？那咱也是长征队伍上的人！

时间是剂良药，随着几十年的推移，爷爷的病，基本好了。但遇雷电天气，以及发烧、劳累等情形，还时有复发。

猎枪交公后，木工技术娴熟的老爸，就给爷爷整了个老式木头猎枪，爷爷喜出望外！

老小孩一样的爷爷，是我乡人的话题，乡人的至宝。每当爷爷病发时刻，知根知底的寨里乡邻们，都会给予很恰当的配合。

当大雨噼啪落地时，我和爷爷已拐进了跨院的角门……

茶行老板

1936年冬，京西古镇长辛店最大的"一味园"茶行，在西大街口的一个不十分显眼的店面，开张了。

这与宫本来此基本同步。

宫本晋三是日军先遣军的少佐，只是那时他的公开身份是个商人。这个药行商人，却好像更热衷于古董、字画类的东西。

三年前的某次机缘，他探听到了怀素的《自叙帖》和宋徽宗的《楷书千字文》等几幅传世瑰宝，就匿于小镇中。于是他拍破脑皮，想尽办法，不仅派出了一众爪牙，还威逼利诱软骨头的中国人为其所用，洪林就是其中的一个。

洪林本是"一味园"茶行的掌柜，因与老板周同刚关系密切，进入了宫本的视线。经多次盯梢后发现，洪林还有老娘，住在京西黄叶村，于是在一个月黑风高的夜晚，洪家身患哮喘、绝少出门的老太太，竟然失踪了。

按字条要求，洪林到了古镇中街的樱花商社，宫本接待了他。宫本说他们已查清，周老板与那三幅字画的藏家，都有诸多关联和频繁交往。他们不能盲目介入，不然打草惊蛇，投鼠忌器。就想通过洪林，把消息摸准。并声言，老太太有严重的哮喘，我们留她治疗了。两个月后要是得不到他们想要的消息，老太太可能得去日本大医院治病。

这话一出口，直吓得洪林头皮发麻，两腿发抖，并顺势倒在宫本的办公桌下。

当他回到茶行时，两个妹妹和妹夫已焦急地等在那里。见他一个人回来，几人异口同声：娘呢？

打这天起，本该杂工们送茶送饭、收拾屋子的杂活，也都归了他。只要东家来这，他就酒一趟饭一趟地频繁进出，特别是东家的故友来访，他更是不离左右……

很快，两个月的期限到了。他又应邀去了樱花商社。这次，他没见到老娘，却见到了老娘的一副腿带子。临走时，宫本用那把雪亮的军刀，唰地一下把腿带断成了四条，并阴笑着说，过几天还在这请洪林君"喝茶"。

一周后，洪林终于见到了憔悴不堪的老娘，并顺利地把老娘接回了家。因为他吐出了一个宫本他们想要的消息：

世道太乱，又听说日本人在窥视。东家那几位故交既担心守宝招灾，又舍不下传世之宝流失，所以几次找他们最信任的周老板商谈办法。就在前天晚上，他们悄悄而来。每人或夹着或抱着件外套样的衣服，来了就进了老板的密室。

我在想，这都秋末了，雨天不冷吗，干吗有衣服不穿呢？就听东家说了句：我在东西就在！

再加上之前就听他们说什么非亲非故的，你是局外人，不太显眼，交托、托付之类的话。我想那几幅字画，一定已到了我们东家手里。

此时，日军已兵临城下，枪声、炮声、嘶喊声、惨叫声交替传来。宫本也不再掩饰而恢复了少佐的戎装。长刀短枪的一阵摆弄后，宫本吹了下枪口说：你回去吧，你自己知道该怎么做。

洪林说：那是！那是！

当荷枪实弹的宫本随后赶到茶行时，杀红了眼的日本兵也到了。宫本忙拦下，并带着无法掩饰的激动和喜悦，独自潇洒地推开了大门。

他没有受到任何的阻拦，便直抵后院。这时，躲在暗处的洪林小碎步跑过来：少佐，请跟我来。

密室的门开了，在昏暗的光线下，宫本看到不大的条案上，放着个长形包裹。条案后一片布帘遮住了墙角很大的位置。

东家呢？

洪林指着布帘：东家，出来吧，咱走不了了！

宫本跨步过去，一把扯掉布帘。但除了一堆废旧包装箱外，什么也没有。他猛一回头，一个黑洞洞的枪口抵到他油亮的脑门上。

宫本先生，我没有骗你，东家的确就在这儿。洪林用手指了下自己：其实我就是这儿的东家，那个周老板——当然他也不姓周，则是我的上线联系人。那几轴字画始终没在茶行，也不是我的工作范围。但你们日本人想要窃取，我就得管管了。知道吗，和字画一起转出的，还有一张你们樱花商社弹药库的位置图。当然，我也准备了几幅字画赝品，以备不时之需。不过，即使是几幅赝品，一会儿也要和密室一起炸掉，也不会流入你们的小岛。

可是，你觉得你还走得了吗？宫本一声阴笑。

洪林也一笑：这个不好说，要是密室有个可去河边的通道呢？不过，即使我走不了也没啥，不还有你这个少佐给添秤嘛，也算咱够本了。可您呢，异国他乡，那叫孤魂野鬼！人家的东西就那么好拿吗？他指了指枪口，你还是从这里进去拿吧。

宫本见事不好，刚一掏枪，脑门却嗖地一紧。

砰！一声闷响后，黑洞洞的枪口，冒出了丝丝白烟……

我认识一个李县长

我的年龄我不知道，当然，所有的这茬人也都不知道。因为，与我同龄的人，甚至与我相隔百岁的人，都已经相继"远走低飞"了。"远走低飞"？是的，自从姜子牙关闭了"封神榜"之后，无贵无贱，基本都不再成神而高就，一辈辈该"飞"时，就统统"低飞"了。

我没有他们那些不着边际的遐想，我就站在这里，不动声色地看着他们，看了一茬又一茬。什么？他们是谁，是那些穿龙袍马褂的人吗？不不，他们太高太远，我看不到。我只看，来我身边的人，也记录了些发生在我身边的事。

什么？抖搂几件？行，但每天只能抖一件哦，因为我也要整它个"一千零一夜"!

我是谁?告诉你,我是一棵三百岁老柳。我们姐妹三人,二妹去了西湖的白堤,小妹去了大明湖的水畔。可我哪儿也不去,就在这儿,因为我对那个李县长,有一份相当重要的承诺。

我脚下是一片茂密的苇塘。什么,它大,还是我大?废话,我曾孙八岁那年的一场大水,它们才从卢沟桥那边逃难过来的。我用身子挡住它们,它们就没被漂走,后来就成了这方圆几十里硕大的苇塘。不过,它们成了气候以后,还算仗义,给我划出了好几十米的地段,绝不越界进犯。我和我的子孙们,就在这片草地上安静地过活了。

"安静"?其实有时候也不安静。那天,就来了个浑身带血的小青年。他大口地喘着粗气,斜靠在我身上。我感觉他的身子或者是血,热乎乎的。他的枪放在我的脚上,枪口那块好像也很热乎。我正要给他盖上我的深绿色披风,这时我听到有人一声声地高喊:苇塘,李万新跑到苇塘去了,快追!

我知道披风盖不住他,就用披风狠劲地摇醒他,跟他说:快,找地方,藏起来。

他好像听到了我的话,拎起枪,踉踉跄跄地进了苇塘。这时七八个咿咿呀呀顶着两片尿布片的人,在村里赵家小子的指点下,来到我跟前。

就听赵家小子点头哈腰地说:太君,树上有血迹!然后有个"尿布片"就在我的裤腿上摸了摸,然后对我说:八路的,哪边的去了?那咱能说吗?打死也不能呀,我就说:不知道。"尿布片"用枪尖戳在我染了那个人血迹的腿上。到现在,我腿上还有道疤痕呢。这时,那个赵家小子说:太君,血迹,血迹,顺着血迹找。这伙人就跟着赵家小子进了东侧的苇塘,之后就传来了两声王八盒子枪响。

什么,我能听出那是"王八盒子"?当然了,这么多年我什么没见过。光赵家小子就带人来过十来次,他带来的那些人不人鬼不鬼的东西,总是有端着个"王八盒子"的。

后来又来了一伙人,这伙子我认识,都是塘北村里的后生。他们经常来我这开会,有什么私密事,从不背着我。他们跟我说:李万新虽是个学生兵,却是咱平南支队最年轻的排长!他英勇善战,文武双全,将门虎子呀!就把他安顿在这里吧。

我说:行,行,求之不得!

三天后,那个赵家小子又来了,这回是被村里的后生们押来的。他跪在我脚边,哆嗦着不停地说:饶了我吧,饶了我吧。砰!直到枪响之后,那小子的求饶声,才算勉强地停下来。

我必须检讨,我不再是一棵血统纯正的好树。多少年后,当这苇塘开辟成了湿地公园,我被挂上个"古树"的牌子,保留下来时,我都十二分的惭愧,因为我的身上,已在当年沾上了那个狗汉奸的狗血。

我对村里这伙子后生也有意见,他们千不该万不该,也把那个狗汉奸的臭身子埋在我的领地,破坏我这里大好的坏境,影响了我大好的心情。最让我不能容忍的是,每当我和李排长对歌或对饮时,总感觉有一只绿头苍蝇飞来飞去。我知道,它就是那个狗汉奸。

还好，我也感激那伙子后生们，他们在不久后的某天，竟抬来了一块石碑，竖在李排长的屋外。碑上刻着九个大字：革命烈士李万新之墓。这些字是汉隶，苍劲雄阔，肯定是李县长的墨宝。

自从有了这块碑压阵，狗汉奸变成的那只绿头苍蝇，就再也没飞来过。

立碑那天，跟后生们一起来的那位两鬓微白的长者，就是传说中弃笔从戎的李县长。他那天和我说了很久很久的话。

我说：李县长您就放心吧，您把唯一的儿子托付给我，秋挡风冬挡雪，永远永远，我就是他的保护神了！

识字的姥姥

那一年，庄上来了个私塾先生，全庄几十户人家的后生，都断断续续地读过书，其中还有一位女子。

那读过私塾的女子，就是我的姥姥。

我姥姥就住在京西的一道山梁下，那里山高林密，溪流淙淙，夜不闭户。但不幸的是，这样的一处庄子，却被一伙山匪瞄见了。

一时间，南街北巷，人们摇头叹息，开始了高垒墙深挖洞。

那天，姥姥家被抢了两只羊，更让太姥爷揪心的是，我姥姥正从外面一瘸一拐地进院。

那年，我姥姥才十六岁，害怕得直往后躲。两个毛贼刚靠过来，老匪说话了：别动。

老匪问：她腿咋了？

太姥爷说：摔了。

什么时候摔的？

上个月。

那老匪竟向我姥姥一拱手，含混地说了三个字：徐夫人！便一声呼哨，扬长而去。

老匪的话，家人们难以猜度。午后，太姥爷请来村上很有名望的五爷。五爷自言自语：徐夫人？看来匪首姓徐呀。唉，你咋不说"小时候"摔的呢。看着吧，下个月他们还得来。

太姥爷说：对对，我太愚了！到时还是装瘸吧。

五爷说：这也不是长久之计呀。

太姥爷说：那得赶快把她嫁出去呀！

五爷说：这倒是个主意，可要嫁本地，不论谁家，还得被掳走。

太姥爷说：那咋办，咱也不认识外面的人呀。

五爷说：还有点时间，我想想。

两天后，五爷骑着毛驴，经京西古道进了城。几天后，五爷回来了，后面还跟了个穿长衫、戴眼镜的年轻人。

五爷说：这是白老师，城里大学堂的。太姥爷却犯了嘀咕，这么斯斯文文的瘦身子，能降得住一窝子山匪？

年轻人安排五爷大张旗鼓地竖牌子，整房子，置办桌凳。

他说他要办学了。

太姥爷把五爷拉到一边：山匪才是眼下的急茬呀！

五爷说：我就是这么跟他说的，可白老师说，试试吧，就这样子了。我想了，白老师既然来了，就算治不了山匪，起码能给孩子们讲学，先安顿下来再说吧。

这白老师也不客气：学堂太小了不行，大家挤一挤，多腾几间房子，把各家值些钱的牲畜、物件，也放进学堂来吧。

村人们弄不清咋回事，但五爷默许了，想必就有些道理，也就稀里糊涂地照办了。

十天后，一口大铁钟往学堂前的老榆树上一挂，私塾开学了。

由于学堂就开在太姥爷家，烧茶，扫地，收拾屋子，我姥姥自然就有的忙了。但两天后，白老师跟她说：这些你不用管，如果你愿意，就来跟着听课吧。

我姥姥说：我是女人，能成？

白老师说：女人就更该学点文化了。就这样，我姥姥成了庄上第一个进过学堂的女人。

一个月后，那伙子山匪真的又来了，这次领头的，是个白面书生。

此时，学堂里正上课，我姥姥就坐在第一排。那个山匪进屋时，正赶上我姥姥在背诵国文。那贼拣了个座位坐下，静听了大半堂课，然后就悄悄地退出课堂，回山了。当然，他们什么也没抢。

五爷他们啧啧称奇，去找了白老师。白老师说，这个姓徐的是书香门第，据他的老师，当然也是我的老师讲，此人极好学。但在鬼子攻打镇子时，他家被炸平了。从学校火急火燎赶回后，他上街怒杀了两个鬼子，却也被他们逼到了墙角。正危急时，被山里来"做活"的一伙山匪救走了。由于他能文善武，没两年，就成了山上的二把手。听说去年大当家死于日本人之手，他就成了大当家。

五爷问：那他带人来了咋没抢啥呢？

白老师说：其实我也是赌一把，赌他爱惜文化，不会惊扰学堂。

可那伙子人早晚也是隐患呀，怎么赶走呢？

不用赶走，还要招来。

招来？引贼入室？

白老师笑了：贼？人家也是"老师"呢！

五爷晕了：老师？啥老师？

白老师说：其实，他们这伙子也不是什么大奸大恶，只是缺乏引导和整饬。这个徐梁当家后，竟办起识字班。除了找机会杀鬼子，其余时间，基本上课。他还不许人叫他大当家，一律要叫"徐老师"。我受平西游击队的派遣来这里，就是想收编他们，以壮大我京西的抗日力量。

后来，"那贼"就真的时常带人来蹭课，且越带越多。

半年后，在庄子西口的小河边，一拉溜四排木板房，悄然而起。一支既学文化又练刀枪的队伍，打起了抗日的大旗。周边庄上的不少青壮年，在五爷和白老师白政委的召唤下，也加入了队伍。

后来，那支队伍里，就出了个既能讲学又会使枪的女教官，也有人叫她"徐夫人"。当然，那个身落三处枪眼、名冠京西、威震敌胆的徐梁徐大队长，就成了我的姥爷。

坐返程车的姑娘

干上票员，遇到稀奇古怪的事太多了。但，今天我还是顺口问了一句：

小妹子，你下车才十多分钟，怎么就上来了？坐我们远途车往来，一般要吃住的。

村口，不让进……那位柔弱纤巧、大学生模样的女孩，眼圈更红了。

你，有什么问题吗？

当然没有。每天都测体温的。

那么，你就要去这个村呀？

嗯。

王家庄？妹子，要是别的村，我还是真帮不上忙。王家庄嘛，我二姨就是那个村的，我姨父还是村干部呢。妹子，你用好几个小时赶到这儿不容易。还有几分钟时间，你等着，我给你联系。

哦，不用了。大姐，谢谢您。我父母都好，东西也带到了，我回去给我妈打电话问候吧。

你妈？你就是这村的呀！

嗯。

那你应该进得去呀，不看僧面看……

不，老人家说得也对，非常时期，小心点，于人于己都有好处。只是我这段时间太忙，已半年多没回来了。

傻丫头，路口都谁看着呢？有我姨父吗——他叫王……

不，没有。他们换班吃饭，刚才只有我老爸一人。

老胡救火

我起了个大早，把自己关进卫生间，认真地打扮起来。

先是刮了胡子，剃了头，然后漱口，洗脸，还抹了几滴大宝。剃了头？对呀，不要怀疑，剃光头的话，自己动手没问题，且半根也不会剩。

邻居老胡曾说：兄弟，您那头发，加一块儿也准不够三十根，就别出去理了，都合上一块钱一根了，不划算。回头我给你剃吧剃吧得了。我说：那不行，头发越少越讲究手艺，兄弟我还得找店长级的发型师呢。但，赶上新型冠状病毒肺炎疫情了，没有理发店开门，我只好自造发型，改光头了。

一切收拾利落后，刚刚凌晨五点。

全家人今天都起得早，隔离了十四天，都睡足了。老伴一声招呼：起床喽，出去采购喽！比军令还鼓舞人心，闺女和老伴都齐刷刷地起床了。

老伴说：不就是去买个菜吗，瞧你穿戴的，这个立整儿——呦，还改了发型了！

我说：买菜？你们去吧，我得去居委会报个志愿者。老伴还急了：这是要去面试呀！你那个志愿者明天再报不行吗，半个月了，得先采购去呀。

我打开手机让她看：你瞧瞧，情况有变，因为报名的人太多，卡岁数了，超六十三岁的，不让报。今天可是我的生日，今天不报，就更报不成了。

老伴说：这个寸劲哎！

李队长接过我的身份证说：老何同志，抱歉哦，您昨天来还勉强将就，今天嘛，免了。我看着他那两手一摊的样子，就来气，分辩说：我这隔离14天不是今天才到日子吗，昨天出来你们让吗？

李队长朗声大笑：寸吧？但，不行！都退回好几个了，咱得公平！

我一转身正看见老伴买菜路过，忙拉了她一把说：去帮我走个后门，才差一天。老伴瞪了我一眼，但还是进了屋。不到两分钟，老伴就出来了。她也两手一摊，那动作别提多像李大队长了，只是还多了几下摇头。我气哼哼地说：是你亲表弟吗！

我刚下楼，却见老胡头戴小红帽，臂挂红袖标，穿着蓝马甲，得意扬扬地朝这边走来。我忙把他喊住：胡大哥，什么情况，您早就超龄了，怎么当的志愿者？

他向前后看看，然后压低声音说：那个人好说话，就两瓶"海半仙"，妥了！哈哈……

望着胡大哥的背影，我感觉他穿的那件天蓝色志愿者马甲上的图标，在慢慢地扩大，渐渐地变成了两瓶并列的"海半仙"。

但，谁也没想到，当晚，我们小区的平房区那边，竟发生了一场火灾。

当我敲开老胡家的门时，戴着口罩的李大队长也在。老胡的下巴和左肩上，涂了两小片亮油油的烫伤膏。他说：我一直想找个地摊，把嘴边这个瘊子"点"了去，这下好了，这一烧，可能不用那个小手术了。他一笑，嘴唇就会疼痛地抽动一下，也就坚决地被李队长制止了。

李队长告诉我，他前几天去巡查平房区那边，发现几户的电线有些脱皮、打弯和下垂。他就找了那几户，让他们尽快联系物业。可那几户虽满口感谢，却好像没太当回事。这不，昨夜一下雨，他就坐不住了，一个人就跑老房区那边去了。可还没到跟前呢，就听有人喊"着火了"。他就踹开院门，冲进去了。他拎着梯子先去断了电，然后就进屋扑火。这时候邻居们也跑过来了，这火才算扑灭了。好在损失不大，只一间大面积过火，其他三间也就是被熏黑了。不过胡大哥可伤得不轻，就这两处，仨月也好不利落。您没见当时那个惨样呢，头发胡子全卷了，那脸，比张飞都黑几倍。

我说：没出大事就好，全仗着胡大哥发现早，不然麻烦就大了。

李队长说：关键是他先断了电，要不然，别说那户，就是相邻的那几家，都不好说。

我忙朝胡大哥竖起大拇指：胡大哥，您咋这么当机立断呢？

李队长也笑了：姐夫，您和胡大哥一个门住着也不知道吧，人家可不是一般的军转人员，人家是消防兵呀！

是吗，这个我还真不知道。

怎么，这就不反映我招超龄人员入队了吧，人家是专业人才，属"特招"。自打胡大哥当了巡查员，现已发现各类隐患好几处，都是普通人看不到的地方，我们正联络物业逐一落实呢。说到这，我也说您呀胡大哥，以后再不许单独行动了。

我说：你看，胡大哥一时也参与不了工作了，要不，我先顶上去？

算了吧，姐夫，平房区那边又报来好几个新退休的呢，超龄的，真不能进。

我说：这样，我那还有几瓶"海半仙"呢，你姐的鱼也炖上了。要不，上我那喝点去？

哎，姐夫，您这是啥觉悟呀，疫情当前不能聚会，这都不知道，还想当志愿者——海半仙？啥意思？行呀，姐夫，连"海半仙"的事都知道了？可有一样您不知道吧，胡大哥是我爹您舅丈他老人家的学生，人家给老师带两瓶酒，您也管呀？您这几年纪检书记当的，可太精到了！

老胡在一旁笑得又皱眉又捂嘴，难看极了，但不知怎的，这一笑，我竟想到了一笑倾城这个词！

祖孙俩的年

奶奶，我起晚了。

不晚，这才 7 点多，咋晚呢！

可今天是初一呀，今天咱得吃饺子呀。

没事，冰箱里你妈早备下了。湾仔码头的，三四种馅呢。来，丫头，我们去厨房。说着，奶奶一只手转动了她的轮椅。

奶奶不用，您就坐这儿等着，今天我们不吃速冻的，得吃现包的。

可是，奶奶这不争气的身子！

不用您，我们有饺子皮。我去把肉馅拿来，您告诉我都放什么就行了。

可你也不会包呀!

奶奶,您怕吃煮坏的吗?

我指定不怕呀,可你从来也没跟着包过呀!

奶奶,我没包过,还没看过吗?

那倒是!行,咱拌馅去。

她们的饺子是在小饭厅包的。小屉上的饺子摆得有点乱,躺着的,卧着的,张嘴的,拧花的,对脸的,靠背的,啥样的都有。奶奶一边笑,一边用左手帮她做着后续整理。

奶奶您瞧,我包得不好看,还什么样的都有。

不,过年嘛,就得五花八门热热闹闹的,这样最好了!来,下锅!

大年的饺子上桌了!晶透透,热腾腾,在腊八醋的晕色里,飘着淡淡的香!

奶奶和小蔷都抢破了皮的吃,有时两双筷子,竟抢了同一个饺子,这让奶孙俩开怀地笑起来。

在破皮饺子差不多扫清时,娘俩也同时撂筷子。

外面的雪还下着,她在想,江城武汉也下雪了吗?远在疫区,穿了病毒防护服的爸爸妈妈,也吃饺子吗?在避过奶奶视线的一瞬间,几颗冰凉的泪珠,被她胖乎乎的小手,悄悄抹了去!

她走到窗前,把饺子盘悄悄放在朝南的窗台上,不想,砰的一声,盘子撞到了窗帘后的什么东西上。她掀开一看,竟是一小碗饺子!

三个人的对话

手机终于修好了，我忙打开接连不断嘟嘟的微信。

嘁，啥都有，邻居吵架也整出几句小诗来。我正自好笑，却猛然发现，这个社区群的微友，正是我父母家楼下的邻居，天！我父母吵架了！

什么，"爆烟花"？还摔东西了？我拎起桌上的口罩，匆忙下楼。

我和父母住同一个小区，只隔三栋楼，自然少了进小区测体温等诸多程序。

到了楼门口我才意识到，一时着急，竟忘了带钥匙。我刚想敲门，却停下来，因为我没听到里面有任何打斗的声音。

再听听，没有，一点点都没有，我反倒担心起来，马上敲了门。

开门的是老爹，他愣愣地看着我说：呦，闺女，进来进来，哦对了，敢进来了吗？你不是说少走动，去防控，这几天不来了吗？

但老爸老妈的"疫期"情绪，也得防控呀！

情绪，啥"情绪"？

不说这个了，问您，我妈呢？

养生呢。老爸对着卧室努努嘴：叫她吗？

妈不是不怎么午睡吗？

昨晚过点儿了，多半宿没睡成，累呗。

哎，老爸，趁我妈睡觉，问您个事哦？说着，我关上了身后的楼门。

啥事闺女，说吧！哎，进家门了，还不摘了口罩吗？

嗯。不过，我得坐远点。说着，我隔着茶几坐在老爸对面。

爸，您刚刚是不是和老妈吵架了？还摔了东西，为什么呀？

刚才？没有呀！你看哦，上午我们俩看电脑，选照片，然后就做饭，吃饭，我看新闻，你妈……

选照片？选啥照片，选照片干啥？

嘿，这又回到第一个问题了，吵没吵架！

选照片？吵架？您先说到底吵没吵架！

嘿嘿，吵了！

那您说没吵，糊弄我？

没有没有，吵是吵了，但不是今天，是昨天。

昨天？

嗯，所以你说"刚刚"，我说没吵，嘿嘿，没毛病！

您还逗！快说，为什么吵？

好好，我说哦，说！原因吧，不是你姐去武汉疫区，她一直不知道吗，昨天让亲家母给说漏了。

亲家母？昨儿大妈来了？

没有，过年了嘛，打电话问候一下。说漏了，她就急了。跟我没完没了的，又是担心你姐，又是说我嫌她觉悟低，才不告诉她的。

吵得——厉害吗？

嘿嘿，老厉害了。加上这几天在屋里憋的，估计是"更年期"又反复了，瞧，摔了两个碗，还没扔楼下去呢。

"更年期"还能"反复"？老爹，您可真会给——您老婆，找辙！

嘿嘿，那是，男人嘛，就得绅士点儿！

嘿，绅士老爹，问您哦，是不是还"闹"着，没完呢？

没有，早结束了，早就重归于好喽！

真的吗？怎么会呢，不是每次都好歹3天吗？

哎，这又回到了你问的第二个问题上了。

第二个问题，啥呀？

"看照片"呀！

对对，说说，看谁的照片？

你妈的！不不，这么说像是骂人话，纠正一下，是我老婆刘月娥护士长的。

哦，就是你俩去云南、广西的那些照片？

不是，是昨天现拍的。

昨天？屋子都出不去，拍哪门子照片呀？

不知道吧，我年前订了块背景布，就是拍照专用那种很吸光的，昨天到货了。对了，等疫情过去了，我挨个儿给你们几个拍哦，效果很不错呢。要不，你去电脑上看看去。

爸，您别打岔，还没说你俩怎么和解的呢。

对对，接着哦。等她发作得差不多了，我就跟她说，不是怕你着急吗，再说，闺女只是去新建的那火神山医院指导调试什么设备去了，又没直接接触病人呢，你别着那么大的急呀！

老妈怎么说？

她呀，比你老爸还绅士呢。她说，就是直接接触病人，也得有人去呀！这个，再担心，我也想得通。我闺女是闺女，人家闺女就不是闺女了，关键是你们为什么瞒我？

嗯，在理，然后呢？

然后我说，好了好了，脾气你也闹了，盆碗你也摔了，发泄发泄，差不多得了。

废话，碗是碰掉的！

是是，两回事，不说了！你看哦，我的背景布也到了，可闺女们都回不来，这模特呀，也就你一个了，咱拍几张照片呗？

妈说什么，就说，那就开始吧，是吗？

哪呀！她说，去，远远儿的，没那闲心！

是呀，气还没消呢。

我不也是尽量分散她的注意力吗，得让她干点啥，省得想七想八的，闹心。

对对，往下说。

我就跟她说，你看哦，我这背景布是纯黑的吧，专为你买的。你皮肤那么好，脸蛋那么白，拍出来效果会顶顶好，不信，咱试试？

对，顺情说好话！这回行了？

没有！她说，少废话，不拍！

哦？往下——

我没招了，就去窗口抽烟去了。嘿，刚点上，就看见对面那门诊部，有个小护士走出来。护士服护士帽全副武装的，哎，你老爸的灵感，来了！

写诗了？

去，别抬举我！我忙着回屋打开衣柜，从最底层翻出了她退休时的那件"白大褂"，就去问她拍不拍。

咋样？

你想呀，那可是她的念想和荣耀。

那是！"非典"那会儿，我妈可是上过省级卫生系统先进工作者名单的。

更重要的是，她那么关心时局，关注武汉疫区，天天看她的"白大褂"同行们，恨不得自己"上前线"，这会儿怎会不钟情她的护士服呢。

结果，照片就拍了？

结果，昨晚又拍又捣鼓的，折腾了半宿。哎，对了，你怎么突然就来家问我吵没吵架，你咋知道的？

爸您看看楼下发的这条微信。我把微信打开，一看才知道，消息是昨天的。

啥微信，我看看：

　　怕怕好怕怕，声音超级大。

　　不是爆烟花，楼上在吵架。

呦，还上了头条了？文采还不错嘛？介绍他进我们诗词协会吧！老妈也一脚门里一脚门外地，搭上了茬。

大　了

魏九爷去世的那天，正是他八十八岁生日。

东间的大屋里，已闹嚷嚷地挤满了人，都是跑来帮忙的。魏九爷已病三天，这是魏家台村的大事，尤其是魏家台红白喜事组织成员们的一件大事！因为魏九爷，虽不是什么村干部，也不是大贤大儒，却是村里的公众人物——"大了"！

魏九爷的这个职称是方言，用文字还真的不好表达。大就读大，好办，但"了"字，要读"燎"。这个叫法，多少年多少代就这样传下来了，至于怎样解释，也没人去深究，姑且理解为：大了大了，大事小情，全包全了。

说起"大了"，那可不是一般人物。能在一个四条街八道巷，三十六条胡同，几百口人的大村当"大了"，那是要有真功夫的。

其实魏九爷，三五代之内也没个干部，本人也只是一介平民，但他有个撒手锏，那就是十分精湛的"木工手艺"。

有了这个手艺，村里家家户户，早已走了个遍。大大小小的人，没有他不知道的，东家西家的事，没有他不兜底的。更关键的是，他热心肠。但凡谁家有事，不论是婆媳矛盾，还是邻里纠纷，田边地角丢桃偷杏摘倭瓜，都是他出面解决。他过得很充实，很累，也很开心，但还有个与他并不相干的事，却让他耿耿于怀，很是牵念，那就是村里的两个年轻的哑巴。

两个哑巴东街西街各一个，年龄相差三岁，都是三十开外的人了，当然也都是村里二十几个光棍中的一员。正常男人穷点、笨点、矮点、傻点，还娶不上媳妇呢，哪就轮到他俩了！他俩自己想没想，别人不知道，但村人们，甚至是他们两家家里人，也没把他们的婚事在脑中过过。但魏九爷却不这么看。

魏九爷凭自己的"面子"，找到了会"拴杠"的老奎，用两顿二锅头，泡软了老奎的心。自己六十多了，也该有个传人了。前几年，村里就有几个脑瓜灵光的后生，先后找过他，但他始终没应。没多久，他摔了腿，结果西街老表叔去世，就是从外村找的拴杠人。但手头这点绝活传给个哑巴，他心里有些不顺劲，但有魏九爷二锅头的催化，他还是应了。在一个月白风高的夜晚，他把"拴杠"的绝活，传给了两个哑巴。

所谓拴杠，就是老人去世抬棺材时，用大绳把大扛拴牢，拴正，固定好。这个看上去简单，但却相当紧要。因为，这不仅牵扯十几个抬杠人的安全，更关乎对逝者的尊重，绝对马虎不得。

这拴杠，也很神秘。他们拴杠是不允许别人看的，尤其是结尾时拴的那个花扣，更是神秘，要避开所有人的视线，据说还有个恭拜手势，至于拜谁，从来就没人说破，也就不被外人知道。

那个"月白风高的夜晚"之后，两个从来无人问津的哑巴，俨然成了每个事主家的座上宾。

经过"拴杠"的传授，和老奎一样，魏九爷对两个哑巴也有了新的认识。这两个后生，不仅手头灵巧，还懂事明礼，从小到大，没做过任何不该做的事。"好人做到底吧"。在魏九爷又一次与老奎整二锅头时，跟老奎说：这回该我了！

春去秋来，两个心无挂碍的人，上手很快，柜橱、案几、桌椅板凳，很快就出了成品。桲檩房架，也样样能拿能放了。

魏九爷带两个爱徒走在街上，引来了不少的目光，其中就有西街那个已寡居五年的白小凤。

白小凤与大哑巴刘三同岁，当然也和魏九爷的儿子魏小宝同岁。她娘家还有个小她六岁的妹妹，与二哑巴白春儿年龄相当。只是姑娘从小腿就不好，走路拐拐拉拉的，属牛，二十八了。这些情况，也都被魏九爷扫听齐了，并托白小凤的二姨父老奎给过了话。

没几天，老奎就回话了，但却也像两个徒弟一样，不说话，却伸出了两个手指。这个动作，只有魏九爷明白，这是两瓶二锅头！哈哈，魏九爷心里一动：有门！

今年似乎暖得早，清明刚到，几片残雪消尽，永定河大堤上，已有了淡淡的春意。魏九爷独自过了堤，脚步蹒跚地走向了魏家坟外的一棵柳树下。不小心脚下一绊，却被两个已等在树后的人，抢上去扶稳。

大哑巴刘三说：九爷爷以后这个日子您不要来了，这事就交我俩吧。

魏九爷与他俩对话，没有障碍，甚至不用什么手势，看看口型或眼神就懂了。

九爷说：能来就来吧！

九爷的儿子魏小宝和刘三，同年同月同日生。虽聪明乖巧，但到四岁夭折时，也没从嘴里，说出过一个字。村人们曾安慰九爷说，有的孩子说话晚，也许哪天就喊爹了，九爷点头称是。

二哑巴没说话，却抄起了手边装了冥纸的袋子。

魏九爷那天，是被两个徒弟背回来了。三天后，便是他老人家，八十八岁的生日！

二爷爷

山重水复疑无路，

柳暗花明又一村。

浙东这块近海，多丘陵，也多村庄，胡冶平就是这里名叫老竹沟地方的人。

今天，冶平的心情无来由地好。一大早，他就背上竹篓去山里，挖刚刚拱出地皮的竹笋去了。

冶平与村里的发小们一样，都没怎么上学，老早就成了家里的劳动力。与别人不同的是，他对书呀本的打心眼喜爱。过去没有书，除了老爸留给他的那几本外，亲邻朋友那儿，但凡能找到的地方，他都找遍了，甚至是人家用过了的中小学课本他也看。他知道，在老竹沟这个小地方，只有一处还有书，但他没去找，那就是曾设过私塾馆的闷葫芦陆允之家。

这个闷葫芦脾气很怪，不是万不得已，他绝不与他人打交道。生产队那会儿，三队队长胡宽就坡下驴，安排他喂猪、喂牲口、看场院之类的单挑儿活。他也不含糊，不光把猪和牲口伺候得油光水滑，也把猪圈牲口棚打理得清清爽爽。

胡冶平背着沉甸甸的竹笋篓子，从弯道拐过时，正赶上曾有一面之缘的乡文化站干事"牛眼青"张青，骑着电驴子在与几个村人东问西问。他赶紧上前搭话，却不妨被张青一把薅住。张青瞪着原比一般人大一倍半的"牛眼"，愣巴磕磕地说：就是你，我见——见过。

一旁的村人们也跟着帮腔：对对，就是他，他就叫胡冶平。这时的"牛眼青"还没舍得松手：你——你就说是不是吧？胡冶平不解地问：是什么？

"牛眼青"支在电驴子外侧的腿，不知啥时已顺了回来：你就说你是——不是胡冶平吧。

我是呀，咋了？

是就行。我来通知你个事，说是明天省报哪个记者，要来你们这拍照，还采访你，说是——

采访我？为什么？

说是你投过一个什么散文的，好像是手指冷，还有清明什么的。

你是说，我的散文《一指尤凉清明时》要见报？

是吧。你想着去镇上车站接一下哦。

往下"牛眼青"又说了什么，以及他什么时候走的，胡冶平已一概不知。他蒙圈了，这个突如其来的喜讯，让他一时不知是真是幻。村人们早已散去，路上空空，但他还是不敢贸然地笑，因为他怕自己早已跃跃欲试的那颗心，突然从笑开的口里跳出来，被一直跟在脚前脚后的小狗阿黄给叼了去。

胡冶平从来都不知道，夜，会有那么长。昨晚，家里来人太多了，直到午夜还没有断流。尽管他一再解释，还没确定"上报"，那都是自己猜的，但邻人们就是坚信不疑，就是要把大秀才的顶子，实实在在地扣在他头上。

一拨拨的邻人们送走之后，他赶紧躺身休息，但却睡意全无。他索性起身拉开窗帘，好让黎明的光，第一时间扑进窗口，洗亮他瞪了一整夜的双眸。但，不知为什么，窗口就是不肯透亮，甚至连窗口的轮廓，也不肯整体地显现出来。他辗转反侧，更恨自己磨叽，要是提前大胆地去造访闷葫芦二爷爷，说不准就能借出书来，今晚也就好过许多了，就不用去翻手头那十来本，翻了十八遍的卷边书了。

胡冶平不肯去闷葫芦二爷爷家借书，还不光是怕他不好说话、不肯借给他。最直接的原因，实在是说不出口。

好像刚要睡着时，却听到几声并不响亮的敲门声，隐隐传来。一睁眼，竟然天已放亮。还好，接人还不算晚。他赶紧起身，趿拉着鞋就赶去开了门。

啊？他又一次蒙圈了，来人竟是猜八个往返也猜不到的闷葫芦二爷爷。他也是来祝贺的？胡冶平没多想，赶紧把二爷爷往院里让，但二爷爷就是不肯进院，闷闷地说：这些书，给你的。胡冶平这才注意，二爷爷是背着大竹篓来的，筐篓里装了两个鼓鼓的大袋子。这些都是书？他呆住了，他想起五年前去二爷爷家拜年的情形。

那年，他大年初一特意去了趟二爷爷家。因为在这个村里，二爷爷的辈分是最高的。平时来往少，过年就该走走。他一进屋，就被黑黝黝的大条案上整齐码放的两排书，吸引住了。他赶紧拿起来就翻。但翻了几本之后，他停住了：二爷爷，您家的书咋跟我家的一样呀，背面都写着：山重水复疑无路，柳暗花明又一村。而且都是一个笔体呢。说到这，他顿了一下，似乎意识到了什么，还没等二爷爷回话，便走出屋子。

回家后一问，老爹胡宽儿才压着嗓音说出了实情。那年，闷葫芦收拾完牲口棚零杂儿，正在场院角小土屋休息翻书时，队长胡宽儿不声不响地一脚闯了进来。这一惊非同小可，直吓了闷葫芦一身冷汗。

一翻铺盖，又翻出四本。胡宽儿就说：这书都是宣传迷信的，队里没收了。

那次拜年之后，胡冶平就趁着月黑的夜晚，把书给二爷爷送了回去。但二爷爷既没要书，也没说一句话。

今天，二爷爷这一来，胡冶平竟脸红起来：二爷爷，我们已经对不起您了，哪能……

二爷爷则不疾不徐地说：这东西，就该给你这样的人。那年那几本，本就是想让你爸带给你的。只是他，话说早了点。

二爷爷您是说？

哐当，两袋子书被二爷爷踱在地：你爸混账，可你不！

圆溜溜的竹篓，遮住了二爷爷渐渐远去的、瘦弱的脊背……

村西口那个爹

　　鲁三儿家独门独姓，老爹又是个话极少的人，也就没什么故交好友往来，倒是村西口那个有些木讷的刘叔，偶尔地来串一串。只这一串，刘叔也就成了鲁三儿从小认识的第一个外人。

　　靠着祖传做豆腐丝的绝技，几年工夫，鲁三儿的大瓦房起来了，四轮车买上了，自行车、缝纫机也置上了，最近还买了台17英寸的黑白电视机。乖乖，这可是全村第一台呀！

　　鲁三儿把电视机抱到了爹娘的屋上，就匆匆地竖天线，接电源，一指按下去，屏幕就唰地一下——亮了，爹娘的心也跟着唰地亮了！

娘说："老头子，你说你咋那么会教儿子呢，让他干成今天这么好，你可让我……"

爹说："老伴呀，这可是你的功劳哇！是你带得好哇！

新电视机买来的第十天，娘就安详地离世了。

新电视机买来的第三个月，爹也一病不起，走到了生命的最后关头。

鲁三儿拉着爹的手，一刻也不肯松开，唯恐一松手，就再也拉不回来，他要拉住的是爹的那份牵挂和不舍。

当墙角的那架老式挂钟敲了十二响的时候，鲁三儿感觉握在掌心的手，努力地动了一下，爹疲惫地睁开眼睛，断断续续地对鲁三儿说："儿呀，三儿，爹要告你个事，你其实不是——不是爹的儿子，你是你娘来咱家七个月上生的。你家奶奶嫌你娘一直不生育，逼你爹休了她。你娘要强呀，她感觉自己怀了孕，可宁死也不肯说。是我从水塘里把她救上来的。当时，你大娘已过世两年，我们就合成了一家。三儿呀，这也是我把豆腐丝手艺传你，没传你俩哥哥的原因。"

"爹！"

"三儿呀，西头的你刘叔是个苦命人，无儿无女，老伴又走得早，三儿呀，照顾好他，爹求你，照顾——好他，他才是——才是你……"

老爹的手，软软地从三儿的手掌里滑落下来。

老赵家的老土墙

我不签，我真的不能签！

可是您分到的房数和钱数不少了！

是不少！

听说您还是个老党员？

是党员！

那您为什么一直不签呢？党员嘛，总要……

老许不是本地人，是30年前入赘到村西头赵家的。

那时，老赵家虽是富农成分，但房破家穷。独子病逝后，只留下媳妇和刚会走路、样貌相近的双胞胎孙子孙女。一年后，看着渐渐瘦弱下去的媳妇，赵家婆婆便委托同住本村的媳妇大姨来探风，是想再嫁，还是想招亲。想嫁，我赵家砸锅卖铁也要给丫头——从月莲嫁过来起，赵家婆婆就喜欢上这个安静温和的媳妇，也就不再叫她月莲，而叫她丫头。说到砸锅卖铁了，对，就是砸锅卖铁，也要给丫头凑一份嫁妆。她要是想招夫养子，她就是我赵家、我老太太的亲生闺女。

后来，老许被从百里之外的唐山招赘入户了。

月莲指残，老许脚跛。

月莲曾几次跟老许说：要不，咱再？

老许摇摇头：不，咱日子紧，一时也顾不上。这两个娃，是你的，就是我的！

但月莲以及赵家婆婆却一直于心不安。问得多了，老许就拿出了一张两寸黑白照片。上面是三个人，老许、老许老婆和一个六七岁的小女孩。一瞬间，月莲愣住了，那照片上的小女孩，竟然和女儿小嘉熙十分相像，简直可判若一人。

这让月莲婆媳知道了，那个凌晨的大地震，夺走了老许的两位亲人，并给老许留下了骨折脚跛的伤残。冥冥之中，月莲婆媳对"缘分"这东西，有了更深的理解。

但，有些意想不到的事，竟会毫无征兆地降临。在双胞女孩小嘉熙六岁多的时候，竟在门口外玩着玩着就不见了。一家人，不，是半条村子的人，找遍了村里有孩子的人家，蹚遍了坑塘野河。但，没有！没有目击，没有线索，没有半点消息。

转眼，三十年过去了，全家人没人再提起这件事，一个人也没有。只是赵家婆婆，在其大病的最后时候，模糊地念着熙熙的名字，一遍又一遍。老许贴近老太太的耳根说：娘呀，您放心地去吧，您孙女我们一直在找，还要一直地找下去，我们不会放弃！

从三十年前的那时起，老许像变了一个人，由快言快语到沉默寡言。但有一点他一直坚持，先后两次拆房盖房，那段土围墙，那座立杆横木的小栅栏门，始终保留。

老许虽话不多，但心灵手巧，在小村里算得上个能人。特别是瓦工活，在村里的手艺人中，算是顶尖的。他与几届村干部都有些交情，这与他的瓦匠手艺密切相关。

在他小有积蓄后，先后两次操持了翻盖住房。先是土坯改砖瓦房，后是砖瓦房改楼板房。为躲开那段土围墙，他需要把房基错后十米，好在他家房后无住户，村干部也就给他让了路。所以，他家宅基地的面积，比一般一套院人家要大不少，赔偿费自然也多不少，但他就是不签字！

这样一来，不仅拆迁评估人员着急，新任的村支书小董也很起火。他们一起去了老赵家。

我知道，从哪方面说，我们都不该拖后腿的。我真不是嫌少，但就是舍不得那段老土墙。我家闺女"那时"太小，我们总得给她留点记忆，不然哪天，哪天……

董书记以及评估人员这下彻底明白了！

他们当天就把这个情况，上报给了拆迁综合协调组。

后经项目方辗转申请，层层批报，新小区的名字由原定稿的“宏康野墅”改为了“嘉熙景园”，而那段老土墙木栅门，也被扩拍成大大的图片，绘制在小区大门外的纪念墙上！

小村里的张赵两家

老张家与老赵家的硌扭，由来已久，以至于全村人都知道。

那年，张家九岁的大小子大立与赵家八岁的二小子二愣疯闹，结果大立为躲开柳树条子的围攻，一不小心，掉进了身后的池塘里。

见出了事，几个半大孩子除了大呼小叫地哭，没了其他法子。

好在，他们的哭喊，喊来了正在附近路过的民兵队长李彪。李彪二话不说甩开褂子跳下塘，费了九牛二虎之力，这才把大立捞上来。

大立活过来了，但耳朵听不清了。李彪自责地说：都怪我，就会几下扑通，不然早点捞出来，也就不至于了。

老张两口子可担不起人家这样的说法：这是明知不会水，还下了塘呀！恩人呀！老两口千恩万谢，弄得李彪一杯水没喝完，拎着褂子就跑了。

参加了那次打斗的，还有两个孩子，一是二愣的表弟秃小，一是张家后院的满囤。

耳朵失聪的大立，其他倒无大碍，但在二十世纪五六十年代的偏僻农村，至少是不能再念书了。其实，二愣他们也没怎么念，只是满囤念完初中，那两个孩子小学都没念完。

但他们不念是不想念，而大立是不能念！至少，老张家两口子是这么认为的。

这天，粗壮帅气的二愣要结婚了。村子小，总的算来有一百多户。二愣爹妈用了三天时间，东家西家地送糖请客。但到了老张家门口，赵家两口子犹豫了，送不送呢？

这些年来，二愣爹妈以及二愣本人，都觉得对不住老张家的大立。有时见面搭句话，也是热脸贴冷屁股，只言片语，有来句没去句的。时间一久，凡有相遇，赵家人，确切地说是赵家老两口，能躲就躲，不能躲就一笑两点头，不怎么过话了。

吃订婚饭这天，二愣对晓兰说：晓兰，你知道我对你的心思，一天见不到你我都不知该怎么过。但是，我有个想法，希望你能体谅。我想把咱的婚期推推，等一等大立哥，大立哥一订婚，咱就办事。

那要是？

我知道你想说啥，咱以两整年为限。两年内他成不了家，咱等。两年后他成不了家，咱结婚。再怎么说大立哥也是因为我，我想，咱们总得做点什么！

女友晓兰是满囤的姐姐，二愣很顺利地做通了晓兰的工作，并得到了两边老人的默许。

上个月的初八，就是二愣他们两年前吃订婚饭的日子，婚期延后两年已满，下个月初八，他们就要结婚了。

听了爹娘的念叨，二愣就跟爹说：爹你们老两口就别操心了，没事的，我去送！

不行，不知根不知底的，你不能去，还是我去吧。

爹，我去吧，您老……

老娘抢着说：你们爷俩别争了，看我的！

当晚，老娘把一大包糖用红纸红绳包扎好，趁着月色，悄悄来到村西头老张家院门口。但她没进院，而是把糖包直接挂在门锁的吊扣上。接下来她使劲地敲了几下门，待门内有人搭话，她转身便走了。

精明的老娘并没走远，她躲在了不远处一棵大垂柳的阴影里。她看到，张家大嫂开了门，问了几声"谁呀"，见无人应，就把糖包拿进了院里。

第二天一大早，赵家老娘一开门，傻了！因为在她家的门扣上，也红纸红绳地挂了一大包糖，还用问，人家这是给退回来了呀！

她几步进了屋，气恼地把糖包扔在桌子上。碰巧桌上有洒落的茶水，糖包湿了一大片。

妈，怎么了？

人家把糖给退回来了呗！

退回来了？不能吧？

你看，这不是吗？

二愣下意识地扯过糖包，由于包糖的纸湿了，一动，就裂开了，里面的糖掉便出了几块。二愣一愣：不对呀娘，这不是咱家的糖！

二愣娘一时没醒过闷来：啥，啥不是糖？

娘，我是说这不是咱送给大立哥家的糖！

怎么会呢，我包的，我送的呀？

但这些糖都是我去买的呀！咱家的糖一共五样，里面就是没有大白兔！

老娘更糊涂了：咋会呢，咋会呢？

二愣麻利地把一块大白兔送到娘的嘴里，嬉笑着说：娘，您先您先哦，我也得来一块。

随即，二愣下意识地扯开了半湿的大红包装纸，只见里侧半水渍半清晰的一行小字豁然亮相：长子张立定于下月初六结婚，届时请您光临！

山里人家

全村十几户，都搬山下大村子去了。但我不能走，不然，他回来就……

哦，您家孩子呢？他漫无目的地顺口聊着。他只因要聊而聊，他的思维不在这。

他呀——来，吃吧。你还真有运气，家里正好还有半锅狍子肉呢！

嗯，谢谢大娘！我真饿坏了。

孩儿呀，你就是饿晕的。那会儿怎么叫你，你都不醒，我只好把你拖回来了。

哦，大娘，我还没谢您呢！

谢啥谢，我儿要是到你家门口，你也得救他不是？

您儿子？去哪了？

他呀，还不是——孩儿呀，来，喝口汤。今晚你就住我这，不然，你道太生，出不了山的。

大娘，您就不怕我——是坏人吗？

傻孩子，大娘活到这个岁数上了，还怕什么坏人呢！

您也不问问我的来路吗？

小子，问啥问，你八成就是个逃犯！

他浑身一抖，手里的花瓷碗差点掉下来。

你，怎么这么说？

你想啊，这荒山野岭的，除了偶尔有个采山的、打猎的，还会有谁来？也就是没路走、没处去的人了。孩儿呀，你八成是没处去了，你要是愿意，就住下来吧。

你是想稳住我，然后去报警，是不是？

哈哈，傻孩子，要报警我还等你醒过来呀。实话跟你说，我连钱都给你备下了，不多啊，500块，大娘不是有钱的人。

大娘，您是不是觉得您不给我，我也会威胁您，抢您呢？

这个，也有可能。不过，我都七老八十了，要钱也没啥用，够吃饭就行了。可你不行，要是哪天你想好了要投案呢，就总有出来的一天。500块的小买卖，慢慢做，也能活过来，饿不着！你说是吧，孩子！

大娘，您怎会有这样的想法？您前世是菩萨吗？

傻孩子，俺不也是个娘吗？当娘的哪个不是菩萨！

对了，大娘，您刚才说您儿子，他，到底去哪了？

孩儿呀，你非问不可的话——他可能和你一样，也许也正在吃别人娘做的狍子肉呢……

嫁妆里有辆自行车

强子终于要成亲了！

但强子还是不十分满意：那女子太胖了。

二婶说：胖好哇，粗身大膀的，能干活！

那女的是疤瘌眼。

三婶说：德行，你三婶也疤瘌眼，可没误生儿子！再说，都有日子的人了，不兴再想七想八的！

强子从小没爹没妈，邻居婶子们就是他的主心骨。给他张罗媒人找对象，借钱凑钱办喜事，也是婶子们一等一的大事。

二婶说：别看那女的胖，听说满勤快，十三岁就开始学做饭了。

三婶说：人家嫁妆还好，说是还有辆自行车呢，这在咱村可……

三婶自觉失言，在二婶踢到她的同时，话头已打住，但这话还是捅到了强子的痛处。去年年根下，已有了200来块钱积蓄的强子，去了趟县城。

在百货公司后院，锃明瓦亮的飞鸽自行车，吸引了他的眼球。但他还不确定买，钱虽差不多，但村里还没几辆，都是干部家，他感觉自己资格不够。

正犹豫间，来了个壮硕的小秃头，并与他热烈地讨论起车况路况。秃头很健谈，不一会儿，他俩就显得十分熟络了。

秃头说他是东庄的，他爸是村干部，是他爸让他来买车的。他和卖车人说想骑车试试，并说让小弟等在这。

结果，强子就再也没等到那个"大哥"的影子，自然，整个东庄也查无此人。自己小心藏在暗兜里的全部积蓄，也就不得不拿出来，一锅端付了车款。

他第一次被骗，就因自行车！

……

当地风俗，正日子头天，送嫁妆。

十点刚过，一直守在大门口的二婶扯开了嗓子：到了，到了，送嫁妆的到了！

婶婶嫂嫂们拥着强子迎了出来。

但刚出大门，强子轻快的脚步却突然僵住了，因为他一眼竟看到了走在头里的，竟是之前那个秃头的"东庄大哥"。接着他又看到了嫁妆车最显眼位置上的那辆，很像"大哥"骑走，或者说是窃走的，锃明瓦亮的飞鸽自行车。只是在车把上，多了条刺眼的红绸带！

王庄有个姑表亲

一大早，老爹就驾着新买的"坐骑"出门了。

去哪了？天知道！

很快，老妈发现了新大陆：我知道你爹干啥去了，他呀，赶集去了。老财迷！

妈瞧您，爹赶集八成是给您买瓜去了，怎么就老财迷了嘛！

哪呀！你到储藏室看看就明白了。

储藏室有啥好看的？

你爹这是卖东西去了！

卖东西？咱家有古董？

古董？咱家谷穗都没有！他一准是上集卖搬家带来的那几

140 | 带凤尾纹的油纸伞 |

件锹镐啥的去了。那天我跟他说，也别怪媳妇跟你犟几句，楼房能有多大点闲地，就那么个储藏室，米面冰箱就装满了，哪还有地方塞你那些没用的。嘿，你猜怎么着，他还跟我急了！说这几样都是他爹留下来的，就跟他拜把子哥们一样！还有那马灯，说是他爷爷留下的，是村里第一个，整天地擦呀抹的。还说这些没地也得放，没用也得留，除非连他也一起轰走！你说这倔驴！

那几件铁片子也能卖？我看八成是送人去了。也怪雪燕，没轻没重的，不知老爸的心思……那老爸一定很不舍，我得把他追回来。

算了，送就送吧，省得占地儿。等附近几个村都拆迁了，送人都送不出了，不也是累赘吗？

妈呀，啥累赘不累赘的，不就占点地儿吗，还是我老爹重要哇，走了……

集上人可真多呀，转了三大圈也没找到老爹的影子。涛子正着急，迎面碰上了老邻居吴老二。

二叔，您看见我爸了没？

早上看见了，他没来集上，好像去王庄你表姑家了。

表姑？涛子知道王庄是有个远房表姑，但也因"表"了几辈，关系远些了，多年极少走动。爹去人家那干啥去了呢？凭小时候的一点记忆，他没怎么费劲就找到了表姑家。

还没进院，就看见了老爸的那辆"老年代步车"。

表姑见侄子来了，忙一手地把他按坐在沙发上，随后茶呀、瓜呀一齐端上来后，才笑盈盈地拉上话：涛哇，压根没见了，你可真帅气呀，你知道你爹今天干吗来了？

我不知呀。前段他摔了腿，昨天刚拆线，我不放心他出来，就追来了。

他呀，是捐老物件来了。

捐老物件？

是！咱这建机场，附近村都拆了，我们村估计也等不了几年了。为留个念想，我村要建"村史馆"，正组织各家各户捐老物件呢！

是吗，好事呀，那咱捐去吧。

不行，村里只说收本村人的捐献，没让收外村的。你爸这才……

什么？他敢？老爸走吧，有我呢，他们书记是我战友，您就当是我"拜把子哥们"吧……

憨货进城

老三姓韩名天才，男，现年八十一岁，独居。四肢发达头脑简单，但不知出于什么考虑，韩老爹还是给这个三子，送了个"天才"的名号。

这个排行不仅仅是他家兄弟五人他排老三，在村里"四大名人"李拐子、汪色子、韩憨子、胡双瓶那排行，也是老三。

"四大名人"，每人都有一箩筐的故事，而韩天才的野史，则占尽了那个"憨"字。

说他独居或未婚，其实都不是很严谨，因为他之前曾明媒正娶过一房媳妇，只是他年轻时犯了回"憨"，就憨光了一辈子。

在他大婚半年时，老婆有了三个月的身孕。但不知是吃了啥不该吃的东西，还是其他原因，一个午后，她的肚子疼了起来，到了晚饭时竟见了血。

这都几点了？啊？你说这个东西他扎哪去了？老四你去地里，老五你去街上，再去找，马上！老爹再次发出了寻人指令。

正说着，见西院的强子架着个人进院了：二叔，我三哥喝多了，睡我家草垛底下了。老四老五忙一拥而上，把三哥连抬带扯捣弄到了土炕上。

满——上，秀——嫂子……

秀嫂子？他这是在大秀家喝的？老爹再次愤怒了：憨货，你个憨货！你不知人家是个寡妇吗？你不知刘支书……他感觉急中出错说走了嘴，但一冲动，还是顺了下去：你他妈是什么浑水都敢蹚啊！我打死你！说着，顺手抄起了身后的板凳，就要往下砸。但板凳还是被强子他们生生给夺了下来。

老三似乎也被周围的动静冲散了些酒劲，愣怔怔地能说话了：怎——么了？人家秀嫂娘们——家家的，怎么——上房晒——晒——呀，我——我帮……

我让你帮！韩老爹一脚踹在老三的小腿上，竟捣飞了一只鞋！

天快亮时，土郎中说，这么耗着不行，我开了几样药，小地方没有，还是得到京城去买。

连惊带吓，老三这时已酒意全无，他从老爹手里拿过钱，数也没数就径直出门了。

皇城虽说离永定河南岸这片土地不远，但过去没路没钱的，还是向往的人多，到过的人少。但机缘巧合，老三韩天才却来了。

他不怎么费劲地买齐了药，还在小摊上喝了两大碗豆汁，但就是没有要动身走的意思。

他早就听说北京城里有故宫，有北海、颐和园、长城，还有……他在想，难得一趟，远处的不行，近处的说什么也得转转，尝尝鲜，过过瘾。不然白瞎了一趟皇城不说，回去后秃三儿他们问起来，说不上道道来呀！

有了这样的思路，他就找了个大车店，踏踏实实地住下，走马灯似的一处处转了起来。走着走着，就来了心情，他会几句样板戏，贼爱那句：沙老太太，别这样想不开……

河北农村有停尸三天和午后下葬的殡葬习俗，他回来是三天后的傍晚，正赶上族人和村人给他老婆送葬回来。他愣愣地听了个大概，然后几步上前抢过邻居胡双瓶的铁锹说：胡叔，您受累了，我替你扛一会儿吧。

进了大门，见爹蹲在枣树下叹气，就上前说：人死不能复生，爸，您别难过了！这趟皇城我也算……

韩老爹本患哮喘，身体单薄，但他突然忽地站起身：你个憨蛋，我他妈踹死你！说着，不知哪来那么大力气，飞起一脚，把老三踹了个五体投地大前趴。噗的一声，散乱的药包，掉在了几片被烧得残破的纸钱上。

这件事，坊间竟传出了俚语佐之：

憨门憨货憨老三，

浑身上下透着憨。

买药本是去救命，

一不着调逛三天，逛三天！

谁敢说土郎中的药一定能奏效，或买完药即刻回赶，就能药到病除呢？但，无论如何，憨老三此次逛皇城，是触到了公众的底线，使他直接进入了"四大名人"之列。且之后若干年，再无媒人介入，由此鳏夫余生！

瘸腿李三儿

　　李三哥的腿，是他八岁那年摔瘸的。

　　李三哥兄弟七个，他是老三。不上不下的排位，坐卧不宁的年岁，使三哥成了吃饭没人喊，受气没人管，三分家七分外的野孩子。

　　八岁那年初冬，不知哪儿来的一辆拖拉机，大着嗓门从村口经过。三哥和五六个半大小子，正在村东口荷塘边挖泥鳅，"突突突"的声音远远传来，接着就有人喊：拖拉机！快看，西边来了个拖拉机！

　　几个伙伴中有两个见过拖拉机的，于是就绘声绘色地比画着吵吵起了。很快，这个传说中的庞然大物，把大家的兴奋点提上了高度。三哥站到土岗上，把他光光的小脑瓜一甩，首领般下令："追！"

坑坑洼洼的泥土路上，荡起了大大小小的几股黄烟。

追出来大约十几里，终于在高老庄的村口被他们追上了。他们脱了夹袄，光着小膀子又继续跟着它，围着它，评着它，攀爬它。尽管被人骂，被人赶，但他们亮晶晶的眸子里，却荡满了欢快。出了村，拖拉机的速度明显地加快了。他们疯跑了十几里，大概也累了，就停了下来。拐个弯，随臭小儿到他庄上的姑姑家吃饭去了。

饭后，这往回走可麻烦喽，刚将就着出了村，三哥就走不了了。许是在车道沟崴的，或是爬车时摔的。总之，他的脚肿了起来，大家只好扶着他缓慢地走。走着走着，三哥的汗就下来了。看来，扶着走也不行了，他们几个只好轮番地背着他。

两三个小时后，三哥已乖乖地躺到了冬子家的火炕上。

冬子奶奶是远近闻名的乡村正骨土专家，但这次她却未能像以往一样手到病除，只是轻轻地说了两个字："折了！"

从此，李三哥——瘸了！也是从此，三哥恨上了拖拉机！

不久，村里有了第一台拖拉机。

只要一看到拖拉机，他就悄悄躲开旁人视线，狠狠地踹上几脚。但他也研究它、打理它，抢着开它、驯服它。

紧接着，第二辆、第三辆、第四辆也接踵而来。三哥由于较早地鼓捣拖拉机和残腿的原因，因祸得福，被大队安排为拖拉机维修工。

到了分田到户、个人承包的时候，三哥已是名满三乡的拖拉机类大小型农用机械的土机械师了。

现在，三哥的"李三儿机械修配厂"已更名为"李三儿汽修中心"。但在他办公楼一侧的车库边，依旧摆放着一辆老式拖拉机。

他的几辆轿车、越野，基本都是由司机们刷洗维护。很多时候，他穿上雨靴，拎上麂皮，抓起水枪，一瘸一拐地去打理那辆与汽修中心完全格调不一的老式拖拉机。

一般在这个时候，没人再去帮他，或者说是去打搅他。因为，这里的人都知道，他们的李总是在——追梦呢！

院里有口井

老余家院里有口井。

说是院里，实际是在二道院子入口的篱笆下。

这是老余当革委会主任那年挖的。当时他拍着胸脯说，就在我院里挖吧，我家在村中间，社员们打水方便。至于水井占地，占就占吧，怎么不是为人民服务哇！在副主任的带动下，社员们还给了些稀稀拉拉的掌声。

有了这口井，他觉得还应有几棵树，于是，他用大喇叭喊来了那三户地主分子。

打有了这口井后，他家的外院门就再也没有关过。人们打完水之后，或看看打水的人较多，一般也进院或进屋坐坐。这下，即使平时没什么联络的人，也不会每次都打完水就走，时不常地也进院或进屋聊聊。来的次数多了，有的就给带些丝瓜、扁豆、葡萄、柿子啥的。每天，他家的枣木老八仙桌上，就没低于两三样。

这天，主任家的刚进二道院子，就碰到了东头的杜三来挑水。杜三就问：嫂子，提这两大兜子干啥去了，这是？

嘿，这不是买了点熟食吗，明儿个老太太生日了。主任家的的嗓门，比她家院里老槐树上的那个喇叭，都小不了多少。

哦，七婶子是小生日啊？

嗯呢，腊八！

结果第二天，来了一院子的老老少少。

年年岁岁都有生日，按说也不算个事，但天天来打水搅扰，人们就觉得磨不开面了。他家人的生日也很奇特，差不多都隔个两三个月。

这天，主任家的又骑着她的永久牌自行车，赶集办货去了。

因为是阴天，来挑水的人明显很少。但卿卿来了。

梁卿卿只有一个女儿在上学。三年了，她也一直没有要改嫁或招夫的迹象，尽管她只有三十五岁。

说起来，她与主任还有些渊源，她和主任是在公社万人大会上认识的。后来，主任就做了她的媒人，把她说到了大王庄来。

看着她摇水的样子，主任就站在墙角不动了。那样子真挺好看，全身的力气都在往一处使，全身都在动，特别是那头齐肩黑发，随风摇摆。

他不知自己是什么时候走过来的，又帮她把水提上来，一桶又一桶。不知是冻的还是咋的，她略带笑意的脸上，莹莹透红。

主任说进屋坐一会儿吧，她说行，去看看七婶去，就一起进了内院。

千不该万不该，主任家的竟然在半道扎了车胎，没多久就推着车，蹾了回来。而此时，其实这七婶老太太早已出了院，到西街坊刘奶奶家串门聊天去了。偌大的院子，只剩了余主任他们两个人。看着进屋后没找到七婶的梁卿卿，瞪起了小猫一样警觉的眼睛，余主任的胆子也空前膨胀起来。

累死我了！这死车，累死我了！就在两人争执不下，且余主任明显占了上风的关键时刻，主任家的一脚跨进了院。

她把车扔靠在二门墙垛子上，腾腾几步进了灶间，然后抄起门后水缸里的水瓢，舀了半瓢凉水就喝。边喝边往屋里走，就看到了衣冠不整、惶惶无措的两个人。她刚喝了两三口的大半瓢水，唰！精确地飞到了卿卿的头上。

卿卿啥也没说，夺门向二道院子冲去，但几步后就被膀大腰圆的主任家的揪了回来。这时，又有几个陆续来挑水的人，听到吵吵呼呼的动静，也都进了院。主任家的一见有人来，泼劲更足了。她回身进屋，拧开广播喇叭。

主任家的高音喇叭，平时是主任用的，但今天，却成了主任家的的专属。

天大的新闻，招来了全村的男男女女，其中包括卿卿挂着双拐的老婆婆。

一切都那么迅疾，一切都那么猝不及防。当主任家的被卿卿拼力地推倒时，人们只顾去挽扶，却怎么也没想到，挣脱出去的梁卿卿，疯了一样，径直向井口奔去。

当梁卿卿从井里被打捞上来时，一缕柔柔的黑发，才机械地从主任家的手里甩出去。

那件事之后，余主任在很长一段日子里，走在去大队部的街上，都尽量地躲着村人们。直到有一天，梁卿卿八十多岁的老婆婆，突然地拎着双拐砸过来，他才静静地等在那里，没有躲开。

地富分子殴打革委会干部一事，被余主任强行地压下来。也就是在那一年的年底，他以身体欠佳为由，向上边递交了辞职申请。

……

春去来兮，井口的青石板，依旧封存着旧日的故事，而早已被人遗忘的井边那几棵梧桐，却在人们的视线以外，长成了两人合抱粗细。

不知从什么时候开始，城里的人们都一窝蜂地跑到乡村的农家院来度假。有了青竹、柿林和桃花，再加上那口保存完好的辘轳式老井，他家的小院便酿成了四季可观的风景。一拨拨的城里人，竞相涌到了他家去吃住。

又一个早春，悄悄地来到永定河岸。微风吹来，不远处水塘里的冰碴子咔咔作响，一个驼背老人，裹着大衣，背着手，从塘边踱到井口，喃喃地说：可惜了呀，可惜了！

跟在身后的城里孩子们说：您说什么东呀西的，老爷爷？

哦，我说，这是口好井，可惜，现在都用自来水了……

康　爷

　　康爷名叫武康，是我们村里的名人，他出名源于三个由头：一是扎纸，二是收魂，三是护犊子。

　　谁家都有老人，扎纸活是跑不掉的。谁家也都有孩子，这收魂收吓着也是避免不了的。试想，在二十世纪的郊外农村，有了这两艺在手，想不出名，都难！但，康爷最大的名气，还是护犊子。

　　因为他有三个女公子，三个心肝宝贝。

　　康爷本是个有师有门的瓦匠，但与生俱来的哮喘，在其刚过四十岁的时候，就把他从闯京师的师兄弟们身旁，扯回了浑河岸边的老家。好在他乐观、随意，不温不火、不愠不怒地接受了命运的这一安排，并操持起早年练就的扎纸和收魂的绝活。所以，虽拖着个半病的身子，却在村头坊间大街小巷，依旧是个忙人。

在邻里间行走多了，好运竟也来了。

这不，年过不惑的他，秋头儿上竟欢欢喜喜地当上了新郎，而且还立马成了三个女孩的爹！突然多了三个半大孩子以及小鸡小鸭小山羊小猫小狗小兔仔，天！沉寂多年的小院，活了，热闹了。

康爷也成了三个孩子的将领，他要按章法排兵布阵了。比如，三个孩子每天扫地扫院子刷碗，要明确分工并每周按时互换。给他捶背捶头，要分早中晚轮流执手。他呢，则用讲故事、做冰车、扎风筝等独门功夫进行兑换。

十来岁的孩子，打架是家常便饭，家里打完家外打，小打天天有，大打三六九。

这不，老二哭了，说是被老三踢了。康爷问明情况，他既不打也不骂，而是按"罪"量刑。打人的加捶背二百下，被打的加三百下。谁让你是被打的呢，给你个打人的机会平衡一下吧。

老二算是明白了，眼泪换不来同情，实力才是第一位的。结果，第二天，西街的臭蛋娘就带着哭咧咧的臭蛋找上门来，说是被老二打了。

康爷笑呵呵地说："臭蛋别哭了。来，大爷送你个风筝。"之后又对着墙角说："老二，摘杏去。臭蛋呀，今儿咱可着肚子吃！"

结果一转眼，几个孩子树上树下地早已玩到了一块。

最糟糕的是他的宝贝们被别家孩子打了，康爷这"爷"的范就突出显现了。

这天，后街的二狗打了康爷的老三，当然，老三也结结实实地教训了几下二狗。但这个康爷不管，我的老三哭了，这事也就大了。这康爷也不问青红皂白，挺起了半拉身子，抄起门后的黑头烧火棍，一步一喘地就追了出去。

追呀追，从东街追到西街，从前街追到后街，又走一步歇三歇地直追进了人家家门口。那几个一直跟着看热闹的孩子，把他扶坐在老杏树下的木墩上，就帮他喊了起来：嘿，出来！有人没有，出来，前街二大爷来了！

听到喊声，不知发生了什么事，一下子从屋里跑出来十几口子。还没等问清情况，突然地，从后面的屋子里，传出了一阵高亢的、嘹亮的哭声——二狗八十八岁的祖爷爷，归天了。

康爷还没等喘过气来，就被一干人等，推拉到燎燎热的土炕上。旗幡猎猎，飞船跑马，康爷的纸活——开始了！

迎春花开

　　凤儿随远嫁的娘来这个村时，还是个小丫头，娘也只有三十五岁。那时，娘虽面色苍白，一脸的心事，但眉清目秀柔发垂肩，端庄而美丽。眼角时隐时现的浅浅鱼尾纹，似乎是命运给出的划痕。

　　她们似乎也没有什么亲戚往来，偶有一两个老家小辈来看望，也只是小住两日，匆匆而回，而且说的都是外人听不多懂的方言。

　　所以，这娘俩的身世也就成了小村的谜。

　　一天两天，一月两月，以至于十多年的时间，终于将一些闲人的耐力磨光淘净。但这个女人肯定有问题，也成了大家的共识。大凡女人的问题，特别是漂亮女人的问题，基本上都能与妇道扯上关系。过去叫妇道，后来叫作风。

或许包裹得太严了，反而易激发人们的好奇心。

被人始乱终弃的吧，未婚先孕被赶出门的吧，有过私生子不得不远嫁的吧等，众多版本在这个封闭的小村顽强地沉淀了下来。十几年过去了，虽然没有任何的真凭实据予以佐证，但小村的女人们，还是揪起了自家男人的耳朵，不定时地进行着约法三章。

转眼，凤儿已是个二十几岁的大姑娘了。十年间，这个五口之家，先后送走了爷爷、奶奶和体弱多病且年长母亲十八岁的继父。这样，家又只剩下这娘俩了。所不同的是，凤儿已有男友，且要谈婚论嫁了。这给这个两口之家注入了无限生机，特别是母亲，有时竟哼起了家乡的小调。

和凤儿一样，男友阿来也是村里的小学教师，他们四年的波折苦恋，是一道雨后彩虹。但细心的凤儿发现，越临近论嫁的日子，母亲的脸色越难看。

母亲的心事也只有凤儿知道。

在一个迎春花开的傍晚，凤儿拉着母亲的手，轻声对母亲说：娘，您不要担心，我早已把一切都告诉他了。

母亲惊诧地看了她良久，并重重地点了点头，心头那座大山，瞬间风化了。

原来，这对背井离乡、孤旅远行的母女，竟有着一段痛心彻骨的悲凄经历。

今天的母亲，本是凤儿的继养母。多年不育的养母，辗转把襁褓中的凤儿抱回了家，三口之家从此过上了一段美好岁月。然儿，灾难也随着凤儿两周岁的生日匆匆降临了——她的养母，因急性病发作不幸去世。好在没多久，娇小的凤儿就又迎来了一个温暖的怀抱，那就是现在的这个继母——继养母。

但在一个黄叶坠落的秋雨黄昏，多难的凤儿又遇到了一次灭顶之灾。刚满十岁的她，竟被一个万劫不复的恶魔强暴了……连续的打击，使患有严重哮喘的养父，又一次病倒了，而且再也没有起来。

继母知道，在这个闭塞的小村，这种事十分忌讳。偏执的乡民，往往不去谴责害人者，反而把受害人打入另册。

反复考虑之后，继母终于下决心带着她远嫁他乡，并基本切断了与老家的联系。

就是因为她，依旧年轻美丽的继母，匆匆嫁给了年高体弱但仁厚贤良的继父。

如今，为她可以赌上青春乃至一生的继母，却在如何对待女婿问题上，遇到了良心与母爱的双重拷问，沉重的心事搅扰得她坐卧不安。缄口不言吧，良心在颤抖，和盘托出吧，她耗费的大半生又是为了什么？况且，陈年的伤疤，她又怎么忍心去碰触！真是左右为难。就连相依为命、视如己出的爱女，她都无法相谈，还能和谁商量呢？

正在母亲手足无措、寝食难安之时，女儿一语道破了她沉重的心事，为她解开了缠绕在一起的心结。顷刻间，她紧绷的几乎要断裂的心弦松开了；顷刻间，她不知自己年轻了，还是又老了几岁。

这时，凤儿仰起垂在母亲膝头的满是泪痕的脸，轻轻说道：娘呀，我知道这些年，您为我付出了多少，失去多少。女儿何德何能，让您倾尽一生而眷顾！我就要结婚了，但还有个条件，娘，您能答应吗？

丫头，你说。

娘啊，您真的不能再等了！我知道这么多年来，阿来他爹对娘的心思，我要娘和我一起披上婚纱！

这……

看　客

　　老黄就住在大队部的房子里，他自家的房子，早就塌了。

　　早年，其随父兄下田干活，是左邻右舍的好帮手，婶子乐
大娘夸。

　　后来，他参加了一个什么派，还当上了大队民兵副连长。

　　为他的婚事，婶子大娘们没少张罗。像东庄的荷花，西街
的柳叶，还有如玉、秋云、二萍她们，那可都是婶子大娘手头
的王牌，但可惜，他没看上一个。他看上的是公社革委会委员
苗树青的爱女——那个长着一双凤眼的赤脚医生。

　　于是，他的病就来了。不是头疼、腿疼，就是肚子疼。说
来也怪，这一回，是真的疼了。

那天，他喝了点酒，又想起了几里外的苗姑娘，便风风火火地出门了。

不知什么原因，二小队的大青马，突然惊了。而东晃西晃晕乎乎的老黄，却没在乎这些，他依旧跟跟跄跄地往前走。人们都跑散了，大街上，只有这一青一黄，一个直线、一个曲线地冲撞着。交集的时刻到了，直线不由分说，直直地向曲线奔来，而曲线的老黄，却并没等醒过神来，啪嚓，马蹄到了。曲线顿时变成了一溜筋斗的弧线，远远地倒地。从此，他从风光一时的民兵副连长，变成了跛腿的大队护青员。自然，和苗姑娘剃头挑子般的初恋，也草草地结束了。

好在，婶子大娘们没有忘记他，三天两头地总领女人来他家相亲。但，来的不是有些残疾的，就是家庭成分不好的，再不就是带孩子的。他低着头说："不行！"

后来，他跟婶子大娘们说：成分不好的也行。带孩子的也行。再后来，他说：带几个孩子的都行，残疾带孩子的也行。再再后来，婶子大娘们上年纪了，跑不了事了，也就不再来了。

他也老了，护不了青了就去护林，护不了林了就被照顾看大队部。

在大队部倒是有几个老哥们，经常地找他聊天，喝茶，只是每到饭时，便会有几个秃头小子或扎着羊角辫的黄毛丫头，喊着爷爷们回家吃饭。

每每这时，他便拖着那条伤腿，挪到窗前，隔着窗户，久久地目送……

那塘那树那人

他抱着拐杖，拈着旱烟，孤单的身影时常出现在那棵老树下。

他是小村的名人，但其名气却是因她而来。

老家的村口有一片很大的荷塘。白天，鸭群嬉戏清波红掌；入夜，蛙声迭起吴钩倒悬。水畔，还有棵谁也说不上年龄的粗干歪头老柳树。

这塘、这树，都是百里难见之景物，它们使小村声名远播。老学馆有个夫子说：到了这，连白云都不再去漂泊了！

关于白云，谁也没有去考证，但确实有取道而过、到邻村帮女相亲的老父，留下来并最终在我们村为爱女选定婆家的。

当然，大凡推车的、挑担的、纳鞋底的、捻棉线的、抽汉奸的、踢毛毽的，都选在了这棵茂密的大树下。

　　但喧嚣了上百年的这块"风水宝地"，却在某个雨夜之后，突然沉寂了，落幕了。因为村里沈大户那位新娶的二房夫人，在这棵水畔的大树下搭绳上吊了。

　　村小新闻大，只一霎，全村就尽人皆知了。

　　死因，也就成了人们挥之不去的心结。

　　有的说东有的说西，但大家比较认可的版本基本是：这个惊艳四乡的美妇，却不幸遭遇了同是二房的掌家二娘婆以及丈夫原配祁氏的嫉恨，终日不得顺气。丈夫又盲目地屈从于二娘，在一次当着二娘婆和祁氏的面，被丈夫两个巴掌扇打后，一时想不开，自尽了。听说娘家只有一个憨傻兄弟，也没太追究。

　　到底死因是什么，谁也说不清。遗憾的是，很多人都知道沈家娶了位比村口荷花还漂亮的新妇，但还无缘见到，就永远地消失了！

　　大凡落难的人，更容易让人垂怜和猜想，何况是个如此美丽的女子！于是，说法也就多了。有人说，自从她上吊后，原本一枝不败的大柳树，却有一杈很大的分枝，干枯了。但却枯而不朽，干而不折。有了个说法，自然就有份佐证，于是又有人说，她死那天的雨夜，有个特响亮的雷劈空而下；还有人说，凡是近期打过媳妇的男人，使过损招的婆婆，从那棵大树下一过，就会感到阴风灌顶，直刺脊背；还有的更邪乎，说在某个电闪雷鸣之夜，看到过树下有个白衫女子，在梳头……

这些说法是真是假，倒无人去考证，但有一点是真的，她的那位二娘婆，确实是在那棵大树下与说闲话的人争吵时，突然口歪眼斜，七天后就死了。

如今，荷塘尚在大树依然，而曾为小村的男人们带来无限怀想和感伤的荷花一样的美妇却杳如黄鹤，永无归期，就连雨夜梳头的那一霎，都没有再现给深深留恋她的人们。

而今这棵水畔的百年老树，已成了市级的在册树木，被圈在小村的文化大院前。

文化大院选在这里是村民代表会上妇女主任提出来的，她的建议马上得到了在场的妇女代表的强烈支持，会场气氛空前热烈。大概也就是几秒钟后，男代表们也纷纷举了手。所列三项村事，只有这件是全票通过。

节日来临，树上彩灯高挂万紫千红，树下秧歌彩扇锣鼓喧天。妇联会组建的秧歌队里小车会上，夫妻同台，婆媳共舞，就连树上的叶子，也时常随风发出激烈或舒缓的掌声……

午后，黄昏，月夜，人们总会看见一个龙钟老人，拄着老杖，在荷塘边缓缓挪步。

他抬头久久地看着老树，嘴唇嚅动，念念有词，像是在叨咕着只属于他自己的什么事或什么人。渐渐地，就连城里常来休闲、踏青的人们，都知道了——他是谁！

休夫这个事

大清早，他就把饭碗往桌上一蹾，筷子一拍，闷声一句：饱了！

爸，您最近怎么了？动不动就发火。

我怎么了？你说我怎么了？我，我！

爸，您还是因没见妈最后一面，是吧？

这还不够吗？

包头 800 多里，实在太远了。

你们有车呀！

又下大雪，路不好走。他婶那人……咱又不能住下。

你们能去，我就能去，我说怕冷了吗？

可您还得躺着，车那么小，再说你和娘？

和你娘？咋了？

爸，您别气啊，娘在最后时候——算了，不提了。

你说，想说啥，你说出来！

娘说，其实也没说啥。再说，你们都这把年岁了，说了我们也不能同意呀！

啥岁数？啥同意？你娘到底说啥了？

没有，没说啥，是没说——啥。

其实，他知道，老大只是不主事，但压根就不会说谎。催急了，就现在脸红脖子粗的模样。他又心疼儿子了：是不是你娘跟你们说想和我离婚呀？

爸，她不也就说说吗，还是和我们说，都没跟您正面提过，您别气啊？

我气啥呀气！儿子，你不知道，就因你和你弟家都地方小，住不开我们俩，再加上那姐俩主意大还矛盾多，我们就生生被分开了七年呀！你娘那么说，其实是说给你哥俩听的！

我哥俩？

你娘知道你们的难处，说我们一直想分居，想离婚，她是怕你们内疚啊！

犟三叔改门

拆！

一个"拆"字在三叔脑际形成，似乎只用了几秒钟。而即将要拆的竟是他的心肝宝贝——门楼。

其实，三叔家的房，还没盖几年，特别是那个精巧、别致的小门楼，更是让三叔眼瞅心爱。春来秋来，没事，他就在门楼下的石桌前坐坐，喝喝茶，听听书。坐在门楼下的小桌前，他甚至破天荒地做些女人家才做的事——笨笨啦啦地择韭菜。两棵百年的老槐树，一左一右，像两尊金刚，立在小门楼两侧。尤其那树上的老鸹窝，新枝老杈，越盘越大。有风吹来，它高悠悠地晃来晃去，和三叔的小门楼一起，争抢着南来北往人们的目光。

三叔感觉，全街的风景，就在他的门楼上。

而今天，三叔却没有随刚下车的堂哥、堂姐几人进院，却把择了不到一半的韭菜，往桌上一丢，独自进了厢房的储物间。之后，他卸门板、摘门框，悄不声地自顾自拆起了门楼。

那年，一场透雨，他家的几间老砖房，哗啦啦地漏了，像连环画里的水帘洞，稀稀拉拉，滴答滴答。一家人倒腾出家里所有的锅碗瓢盆，摆开接水，却不够用。三叔在屋里来回地走了几遭，然后又看了看已二十大几的堂哥，干咳了几声后，便庄严地向全家人宣布——他要盖房了。

盖房造屋，是庄户人的大事，更是一个庄户男人的头等大事，至少，三叔是这么认为的。

精确地估算砖瓦用量、木料板材。细致地推演地基尺寸，柱脚高低，甚至用工天数、伙食费用。这对三叔来说，一点也不难，老本行了嘛，用在自家，更是得心应手。

碰巧，老天也那么给力，几天来，晴风朗日，一切顺风顺水。但那天，盖房这"头等大事"在进入尾声时，却因留什么样的门，三叔和堂哥闹了一肚子气。

堂哥说："盖房的事，高矮胖瘦，间量划分，我都不管，我想说的是大门。我想，咱是不是就不留那种带台阶的小门楼了，改为街门式的大铁门吧，进个车啥的方便。"

三叔一听，哼了一声站起身，烟袋狠劲地敲了几下炕沿："扯，哪来的车呀，咱家就没有那有车的阔亲戚，你小子能买车呀？扯！"

堂哥也拧巴起来了，把手里的茶缸子往三斗橱上一蹾："那可说不准，现在没有，将来我要是买了呢？"

三叔本来是向外走着的，正一甩手挑起门帘时，听到了堂哥的话，就猛地站住了。他一脚门里一脚门外地说："将来买，咱就将来给你改。还不用你出一分钱，一分力！"

在家里，三叔的话与圣旨无二。至此，大铁门计划胎死腹中，拱脊挑檐，三级台阶的小门楼，便款款落成。

日月匆匆，斗转星移，转眼，墙上的日历翻过了两千多页。三叔家的门前，也发生了不可预知的巨大变化。

首先，七拧八歪的小土路，转身变成了宽阔整齐的柏油路；路边，蛛网一样的粗线细线，高矮不一的圆杆方杆不见了，换成了纵横交错的太阳能照明街灯；东家西家的柴草、碎砖、粪坑不见了，变成了花期更替的花坛草圃；闻鸡出庄的耕牛、车马不见了，变成了两轮、三轮、四轮……

无论怎样，三叔宿命里的这一天，终于如期而至了。

农历八月十五的一大早，三叔就泡上茶，点上烟，坐到门楼下的小桌前，帮三婶择起了韭菜。三婶踮着小半大脚，大锅炖鱼，小锅炖肉，还抽了个空儿，拎着暖壶来给三叔续水，嗔怪说：跟你说八百回了，天冷了注意点，就是不听。边说边随手丢下一块拼接花纹的棉垫，又匆匆地向东厢房的灶问赶去。

十点刚过，几个月未见影的堂哥回来了，而且还开回来了一辆瓦亮瓦亮的江淮牌商务车。车后跟的是堂姐月前才购来的蓝色奇瑞。

堂哥一下车，就径直来到老爹的石桌前，他端起茶壶，恭恭敬敬地给老爹添上水，然后说："爸，这是咱的新车，您老看看，还行不？"

三叔随手把唱着"我正在城楼观山景"的收录机啪地关掉，声音不大不小地说：扯！

……

这时，堂哥和堂姐、姐夫闻声也都赶过来帮忙，三叔却虎着个黑脸，把他们连同一通唠叨的三婶，全都轰走。锹镐挥动之际，他自言自语："唉，力不如前喽！"

午后，路过的邻居们不解地问："三叔，都说穷改门富扒坟，您老可不穷啊！怎么，这个门楼不好看了？"

三叔看了看停放在台坡下的两辆小汽车，声音不大不小地说："扯！咱乐意改！"

老本行

卖小鸡喽，先赊后买呀！

老哥，我看你也来几次了，跟您说，别在这块卖了，卖不动的！东庄开了家养鸡场，人家那买卖可大，服务也好。鸡苗也一块钱，还免费防疫，谁还买您这跑街的呀？

哦？还有后续服务？我没有，没有！

所以呀！老哥您也小七十了吧，做点小买卖不容易，还是到远一点的地方卖去吧！

谢谢老弟了！但我还得问问，要是我八毛，还管公鸡换母鸡，您看会有人买吗？

哦，老哥，忘告诉您，人家也管换母鸡或退钱，再加上回收鸡蛋，您还是不行！再说——

老弟，我要是卖五毛呢？

那您就赔惨了，图的啥呢？

嘿嘿，老本行了，放不下呀！

可您老也不能赔着走，走着赔呀！您扛不过人家的！

嘀嘀嘀……

哟，您看那不是吗，东庄送鸡苗的又来了！

这时，从车里探出个少年头来，他大着嗓门地笑道：李大爷，卖完了没？李场长让我们补给您！还让您告诉大家，您卖的鸡苗也免费防疫，也回收鸡蛋，还说让您再让点价啥的。

滚你们的犊子！我卖我的，跟你们那鸡场，毛关系没有。

哦！天下父母哇！敢情老哥您是替儿子摸行情的便衣呀！

便什么衣呀，我不过是想趁着身子骨还硬朗，再上街吆喝那么几声……

街　灯

　　我刚刚竞选当了村主任。

　　新官上任，要做的事太多了。但眼巴前的小事，也得管！

　　就说街灯吧，有时早有时晚，忘了的话，日上三竿还开着。我首先找了管自来水井的霍许。告诉他，代表会决定，街灯也包给他了。要按时开关，这样吧，定在11点。

　　我留了下心，之后的一个多月，我时常查看，嘿！天天11点半！

　　很快，我把他和看村口的赵常进行了调换。

　　你说斗气不是，这赵常竟也和霍许一样，在我亲自嘱咐之后，依旧是11点半关灯！

我不动声色地进行了系列研究。第一，这两人与前任村主任，都或近或远地有些姨表关系。第二，延迟关灯的，是最后那条街。那只十来户人家，但其中就有前任村主任田恒家。

　　想到这，我火往上蹿。但我还是叫着自己的名字，稳住心神，等等再等等。结果，半个多月又过去了，涛声依旧！

　　哼！田恒呀田恒，你们这是找碴呀，那可就别怪我气量小！这回不换了，直接撤！

　　会上，我力主确定的人选是新领残疾证的于刚。

　　和之前一样，我顺带说了关灯时间，并确定其与田恒无丝毫瓜葛，也就没再去查看。可没想到，上周我去后街解决纠纷，出来时街灯还亮着。一看表，11 点 20 分。

　　真是见鬼了！我哭笑不得。这次，我二话没说，直接去找了于刚。

　　他说：老三呀，后街那路，都让大车给轧坏了……

　　我怒了：哪条街没有个坑洼呀！

　　可你忘了，村后不是有个印染厂吗？赵常嘱咐我，那厂子11 点倒班，每班都有七八个女人，天天 11 点过后，骑车从那街上过。

　　啥？印染厂？天哪，那厂是我家老四开的……

刘三儿借钱

刘三儿最近靠借钱发了财，因为他借钱和别人不一样——会唱歌！

这不，一大早，他就去支书家借了。

一进支书家门，他就抄起了桌上的水碗：三叔，最近气色不错呀，不像您傻侄子——惨了，揭不开锅了！三叔哇，摘个尖吧，借个千八的好过年呀！说这话时，一仰脖，茶碗底朝天。他夸张地清了清嗓子，乌拉拉地唱上了"浏阳河，弯过了……"还没等弯过几道弯呢，就被支书"让"到了廊檐下——整整一千元，到手了！

腊八那天，他去了二队杜队长家。这次，他一句废话没说。

念叨完钱数后，就压着破锣嗓子，唱上了《兰花花》。杜队长说：别唱了，别唱了，破锣嗓子，我都起鸡皮疙瘩了。

刘三儿说：哟，四哥，大夏天的起鸡皮疙瘩了？那就对了！嘿嘿。说完，接过四哥从炕席底下取出的钱，数都不数，朝屁兜一揣，晃着小膀子，走向大门。

四哥边往外送边小声说：不急哦，啥时有了啥时还！

刘三儿却想：小样！不还能咋？

很快，小年到了。

二十三糖瓜粘，粘谁呢？哎，有了，王会计王二哥呀！

等赶到王会计家时，他就哼了那句"该出手时就出手哇"，他的手上，就多了一沓咔咔响的票子……

刘三儿很有个性，但凡钱借到了，事就结了，不会烂嘴胡说，更不会旧事重提第二次。比如，这《兰花花》他就没再去唱第二遍。尽管他三次亲眼看见，杜队长扯下了二强媳妇李兰花的兰花花夹袄。"出手"他也没再重唱，尽管他手头就有王会计贪挪公款的证据。而刘洋这个何支书与女知青当年秘密送人的私生女，竟是他的远房表妹……

一时间，发了小财过上肥年的刘三儿，竟很得债主们的赞誉，就连包乡干部黄主任都暗暗夸赞：刘三儿，君子也！

事大了

　　哑巴吴二正在切肉做饭，二丫提只鸡，怒冲冲地跑了进来：爸，你看，咱的鸡又让刘主任家的大黄给咬死一只！

　　还是那狗？

　　是。都三只了！

　　你看准了？

　　嗯！

　　哑巴没有回屋，就直接去了刘主任家。

　　哑巴其实不聋不哑，只是多年来，媳妇主外他主内，与外界交流少，话金贵了些。

　　他怒冲冲地冲进了主任家时，把正在石凳上抽饭后烟儿的刘主任吓了个半死：咋、咋了大、兄弟这是……他边说边往后躲，兄弟，先放、放下刀行不、行不，兄弟？

哑巴也不理他，嘟噜句狗东西，便提着刀，照直而来。

刘主任直吓得双手合十，弓腰作揖：大兄弟，哥哥，错，错了，都，都是哥，哥我酒，酒后无，无德，哥哥认，认罚。两万行，行不？不——三万——行不，大兄、兄弟……

哑巴：你说啥？

刀刃在正午的阳光下熠熠生辉，直刺主任的斗鸡三角眼：是哥、哥哥错了，错了。哥不该趁、你浇地，把、把……

把什么？说！

把你家，你家弟妹，骗到……场院……

什么？

二丫，二丫，快，快救我……见二丫随后也跟进大门，他像见到了救命的稻草。一把抓过二丫，并躲到她身后：二丫，快救我，快！我可是——是你亲爸呀！

这下哑巴不追了，他像被妖术定住了一样，纹丝不动！

啪！！

沾着猪血的切菜刀，掉在了桌角上还冒着热气的细瓷茶壶上……

下一个

　　他不喜欢打牌、下棋、遛狗，当然也不想去做保安、绿化、协管。拆迁上楼后的他，成了个无事可做的人。

　　无事可做的他，最爱一件事，那就是坐在十字路口的椅子上，看风景。他还不成调地哼上了：我站在城楼……

　　他觉得，这个十字路口，每天都有不同，有看不完的千变万化。

　　上周吧，有个妇女在公交站被盗了100块钱，她来骂了三天大街。第四天，竟还真有人给送回来了，就丢在她的脚边。那女人捡起来就笑了，还说：跟我斗，哼！

　　但笑着笑着，不笑了，碎嘴骂变成了破口骂！原来，送回的是很仿真的冥币。

哈哈，有意思吧！

大前天哎，路口旁开了个公交自行车站。不巧的是，整条路没有出入口坡道。这样，要上下主路，就得先下车。

他就改测算了！多少人搬上搬下，多少人骑上骑下。由此得出多少人坐了公交车，多少人坐了自家车。

哈哈，有意思吧！

还有昨天下了大雨，路口窝了水，正巧有个井盖被轧坏了。他打了伞在那儿看啊看，数啊数。一个多小时，就有十几个骑摩托车、电动车和自行车的人栽倒在那儿。

正数着呢，他见一个打着伞、拎了两兜东西的人，从身边匆匆走过。啪嚓，那人还掉了个袋子。八成是细雨打在伞上声音嘈杂，那个过路人，竟毫无察觉。待那人走出去稍远，他忙捡起来，打开一看，是件普通的白大褂。他想，虽不值啥钱，但好歹是新的！

哈哈，多有意思哈！

下一个又来了，骑着自行车。越走越近，越走越近，看清了——是——小心，小心！那个人似乎没听见他在说话，毫无防范的样子，直接就栽了下去……

这下，他不再无事可做，不再数人数车，不再在街口听骂，他成了骨折老伴的专职护工！

真别说，在医院一穿那件白捡来的白大褂，嘿！别提多合适了……

酒窝窝

在俺们那地方，村民们把谁家媳妇不叫媳妇，叫"家的"。

东街刘老七家的，病了。这次像是很严重，在区医院工作的儿子正找人给她操办后事。

西街赵老五家的，没病，但老五说，她在找病！

老五家的找到分养在大儿子家的赵老五时，老五正在一个人喝闷酒。老五家的把一小瓶卤香豆礤在桌上说：就知道你又喝上了。

哟，老五家的这是给咱送酒菜儿来了！

去，这是给俺孙女拿的，关你个臭事！

可你孙女住校呢，要不，咱打个车……

去，别打岔，俺今天真有话说。

是吗，又是二强喝大酒，还是孙子玩游戏？

去，别打岔！俺跟你说，他爹，有句话在俺心头压了好多年了，但，俺忍下了。

你忍了？啥意思，你忍啥了？

怎么说呢——咱离婚吧！

老五一听，气就不打一处来：去去，大老远儿地来了，说几句有用的行不，别大白天地胡咧咧。

俺大老远儿的，还就是为这事来的。为离婚这事。

啥，你究竟想说啥？

俺说，离婚！

老五家的说这话时，声音不是很大。但一向耳背的老五，显然是听清了：离婚？他娘？他娘的，你找病呀！要不前段日子，你非要咱俩各随一个孩子分着住呢，敢情你这是——惦记啥呢你！

俺是，俺是惦记老七家的。

老五一愣：老七？啥老七老八的，哪档子个事！

嗯，东街那刘老七家的嘛，就是年轻时——现在也长俩酒窝的那个余翠花。她不是病了吗，好像还很严重。

老五貌似一头雾水：是吗？很严重吗？可这事跟你说的"事"，有多大关系吗？

老五家的不轻不重地说：你真的不知道吗？前天俺来给你送二强带回来的山西小米儿，你没在家，听说不是去看她了吗？

老五明显地熄了些火：一条街上住着，又是……

又是什么？又是长了俩酒窝是吧？

赵老五火气又拱了上来：嘿，你个老太婆，这跟酒窝毛儿关系呀，你不是也长俩酒窝吗，咋地！

是呀，你还记得二强六岁生日那天，你喝得烂醉，抓住俺的手说了什么吗？

老五眉头一拧：俺醉了？俺长到老也喝到老，就是爱喝酒，爱那二锅头，咋地！俺就喜欢酒，就喜欢你这个带酒窝的女人，咋地！什么什么，你刚才说俺说了什么，喝了几十年的酒，俺也就醉那三五回，俺能胡呲些什么，让你捡着了？

呸，你那次呲了一地，俺本想去给你收拾，可你拉着俺的手就是不放，还说翠花呀，俺这一辈子就看上两个女人，两个长了大酒窝的女人。一个被俺娶回了家，一个被丢在了外面。遗憾了！俺问你，你说的翠花是谁？

嘿，你个老太婆，你当时干吗不问俺呀，这么多年了，俺知道说的谁呀！再说，俺说没说还不一定呢，你八成就是个捏造，俺比窦娥还冤呢！

你不用遮遮掩掩，也不用多解释，俺不是问这个。三十七岁时俺都忍了，七十三了，还追这干啥！俺是想跟你说这么多年……

什么，三十七？

对呀！那天是八月十五，也就是刘老七忌日的第二天晚上，正巧，俺也去了……

你也去了？你干啥也去呢，你看见啥了？

你说呢？

这么说，这么多年你……

俺一直都知道！

要不你——可你为什么一直都……

当时俺也想大吵大闹，也想到了离婚。可俺是妈，是俩儿子的妈！俺实在是舍不得呀。

老五把杯子里最后一些酒，直接地倒进了舌根下，停了停说：翠花嘛，是这样，她说她知道是俺妈嫌俺俩属相不合，坚决反对。她什么话也没说，就把自己草草地给嫁出去了，而且嫁到了咱这村。那次她还说，我这一辈子，只爱过一个人。什么都不说了，我只想远远地看着你，不会走近你，也不许你再走近我。你家嫂子那人不错，我不想破坏你们。其实，其实俺们那天，也没做什么？

是呀，那天风太大，连房上的瓦片都被刮下来了，差点砸了俺。

是呀，那天的风都邪了，瓦片都被风吹得拐了弯，砸到了玻璃上。窗子漏了，屋子里也就凉下来了。

听到这，赵老太竟有一种想笑一下的感觉，这种感觉，还是让小心思被人戳破的情绪，搅浑了。她只好敷衍地说：是吗，那是不是老七的魂还没散呢？

这样避重就轻，她自己都觉得好笑。稳了稳神，想想自己是为离婚来的，哪有"笑"的道理，但依旧找不到适合当下情绪的话，便续了句：那天的风，真疯了一样。老五也像是被这样的情绪感染，也续了句：那天的风，是真的疯了！

结束了这段少男少女谈情说爱一样的对话，赵老五这才想起了正事：可咱都是七老八十的人了，为什么今天突然——说出……

俺听说她，那个翠花快不行了，你，你还是赶紧出场吧！这些年——也许，俺早该放手了。

你这叫啥臭话！咱俩一起去吧，行不？

不行！起风了，她家掉瓦片。

俺挡着！

赵老太这下真的笑了，细长的皱纹，从腮边的酒窝窝，向四周扩散开来。

三个小鬼头

刘栓子和白金亮是因为同一场校园斗殴，被县三中劝退的。一同劝退的，还有二中的赵兴林，其他七个参与者，则被三中和另外两个学校，留校察看，背了个不大不小的校园处分。

二道街区稍显偏僻的"余龙小酒馆"，就成了这仨半大小子的聚集地。突然摘去老师紧箍咒，重获自由身的小哥几个，首先要做的，就是杯口朝下，喝他个酣畅淋漓！

啥叫限期转学，啥叫另择他校，就我们，拿什么去"择"呀？

呸，糊弄鬼呢！

呸，小题大做！

呸，借题发挥！

几杯二锅头下肚，他们的调子越发高亢了，这引来了屋外其他客人和服务生的注意。服务生推开门说：几位有什么需要吗？

栓子说：不要不要，出去吧！

兴林则上纲上线：回来，咋这么没规矩，你敲门了吗？信不信我把你"劝退"？

劝退？劝什么退？

劝退不懂呀，就是开除！

开除？开除我呀？服务生乐了：这店是我老爸开的！我也是暑假帮几天忙，不用开除也快辞职了。不过，我是该先敲门哈！

几人讨了个没趣，又径自改"劝退"为劝酒了。这酒劲一上来，他们的语调更不受控制了。兴林说：我和俩哥哥是不打不成交。咱过去虽常打架，但现在都被人家劝退——不，是开除了，现在好了，都是难兄难弟了，以前的就不算了！

白金亮接过话茬：对呀，江湖一笑泯恩仇嘛。栓子也抢着说：过去了，过去了，咱不提那些了，说眼面前吧。

兴林问：眼面前——什么？

眼面前，就咱哥们喝酒，还得仨人凑，再说，也快凑不出钱了。

那咋办？我先找我姐姐借点去。你呢，栓子，有地儿借去吗？

我上次就跟我姥姥借了，要借，这回得找我奶奶试试了。

金亮举起杯子：借啥借，咱自己——去，栓子，把门销上，别让那毛孩子再闯进来。栓子忙回身销门，然后凑过来。

之后，金亮的声音，低到了三人的胳肢窝底下：你们知道吗，这老板家就住在城南小龙河边的平房区南头，那儿晚上灯光很暗，咱要是现在去，或许——还愁这俩酒钱吗？

可是，可是——这是偷呀，行吗？栓子有些发怵。

金亮双目放光：我都踩好点了，他家就三口，这不，全在这儿。这一时两刻也完不了事呀，咋样，干不干？

兴林也来劲了：我表哥是咱这片的辅警，他说过，这偷盗就是小案子，没人死追的，有的一两年都破不了，也就搁下了。估计问题不大。

栓子还是有些担心：那要是被逮着，可就真完了，我妈好像正托社区主任帮我找咱校长呢。

金亮则不这么看：逮谁呀，咱哥们都这么背了，按说也该到转运的时候了。再说，这小偷小摸的，逮了也就是教育教育，咱不正没学上，正愁受点教育吗，哈哈！

哈哈哈！几个人这一笑，凑在一起的三个小光头，也就此分开了。

夜，出奇地静。河边苇丛里，只有几只小刺猬一样的东西，在伴着几缕似有似无的晚风，慢慢地动动停停，那样子比栓子他们几个，还小心。

看好方向哦，拿到东西后，咱就在这儿集合，从这儿向西边那柳树圃子撤。金亮还自我示范，把黑色的小跨栏背心脱下来，蒙上半脸，又从脑后打上结。栓子说：这主意不错。亮哥，你咋会这个？练过？

混社会咋也得会两招，别磨叽了，快！

见栓子还有些笨答答地犹豫，金亮忙帮他系好遮脸布。然后拉着栓子，三人弓着腰，一起向黑着灯的小院，挪过去。

……

派出所的通知单和留校察看处理意见书，差不多是同一个时间点摆到桌上的。老爸的拳头也随即而来，但却被早有防范的民警小吴给化解掉了。

他们这案子审得很快，几乎没费什么周折，就被小哥几个秃噜个七零八落。

可就在栓子起身递交刚写的"作案经过"材料时，却看见没精打采的白金亮和赵兴林，跟随着家人，向派出所大门外走去。他心里一动：咋？放了？那我呢？他忙问：警察哥哥，他俩走了，我也能走吗？

小吴说：他俩是取保候审。

我也要取保候审！我就拿条烟，不值——。还没等他说完，老爸的拳头又灌顶而来。他连躲带说：真的，我不是主谋，就一跟班。

民警小吴拉开老刘，一字一句地说：可你是要从人家那小男孩手中抢烟呀！所以，要不是我们蹲守的民警及时出现，你就是——抢劫。

民警哥哥，谢谢你们!

谢我? 你还是去谢那提前报案的小服务生吧。

民警哥哥，我——咋办?

听说新颁布的《民法典》了吗，咱们这要成立新法典的社会宣讲团，人家那俩可都签字了，不知你愿不愿参加呀?

民警哥哥，刘栓子向您报到!

去! 小鬼头，找你们校长报到去。

空瓶子

最近，我学到了一种捉蚊子的绝技，就是在小口瓶里放些甜水，蚊子就自动入瓮了。灵不灵呢，我不妨试试。

晚上，我出去遛弯，想顺带去超市买几瓶水回来。正走着，见路边那种街头长椅上躺着个男人，四周狼藉一片，有两个饮料空瓶已抛到了路中央。

不像话！我捡起来。想到捉蚊子，就没投进垃圾桶。

出于习惯，在捡瓶子的同时，顺带把那人丢弃的酒瓶等垃圾也处理了。有了空瓶子，我就不需去超市了，就直接返回了。

可我刚走出十几步，那个长椅上的男人追了过来。他说：

大姐，请等等！

呦，还加了个请字，很有素质嘛！我原地站下了，试图把手里的瓶子还给他。

他摇摇头，同时身体也有些晃：这个您也拿着吧，我不用啦。说着，递给我个手提袋。

我刚要打开，那人却说：走吧，回家再看吧。

但好奇心驱使，刚到下一个拐角，我就打开了。天，原来是3000多元钱和一张释放证：刘海，男，1977年6月12日出生……

6月12日，不就是今天吗？原来他喝了饮料，喝了酒，是在给自己庆生，一个多么孤独的生日！但过生日就过生日，为什么要把钱送给个素不相识的人呢？看我捡了瓶子，以为我生活困难？不想了，我得回去，至少释放证人家还是有用的。

当我走到长椅附近时，一下被脚下的什么东西滑了一下。仔细一看，竟是一个装"安定"药片的玻璃药瓶。而男人，不，那个刘海已进入了昏睡中。

……

你为什么要送钱给我？

你捡瓶子，应该需要钱。还有，你肯为一个陌生人清理垃圾。

就因为你老婆没等你，还跟设计陷害你的人在一起了，你就？

还有，这八年，我父母也相继去世了，我想象得出，他们走时，是多么地不舍。我疼，我疼得锥心！半月前我回家时，已是妻离子散，房倒屋塌，父母双亡了！

前天，我又诊断出，诊断出严重贫血。我工作无着，居身无着，亲友无着，我……

他越说越激动，吊瓶下，攥着那个"安定"药瓶的手，瑟瑟发抖。

其实，我的经历比你也没好哪去，就差了一个"贫血"！

你是说你也……

嗯！

好了，咱先说第一件事吧，我在环卫局一个下属单位工作，是那儿的副经理，洒水车你感觉能开吗？

能！不，我不会开，但我保证马上会！第二件是？

第二件嘛？让我想想，第二件，第二件——就是你的那两个空水瓶，已捉到了五只蚊子。

还有第三件吗？

猜！

六号桌

雨后的小街，幽静而莹润。但他无心眼前的景致，他的心思，还在刚刚签字的那一刻。

他知道自己，不仅穷，还笨，还傻。女人干吗要跟你过？也傻吗？

他捏着绿皮本的手，汗津津地发潮，一如这湿淋淋的雨雾。

大哥大哥，您看见谁在附近捡到了个钱包吗？

一声急问，把他拉回到眼前。

钱包？你丢的？

是！刚刚从这边过丢的，包里还有——大哥，就是这个包包，您捡到的？

这时已围过来好几个看热闹的人。

让她说准钱数！

让她说好答谢多少！

让她……

不用，说出里面身份证名字就行了！

哦，好，我叫江一燕！

名字像人一样清爽！

你数数啊，我没数，没心思！啪！手里的绿本落到地上，捡起时，他小心地用袖子捯了捯水渍。

大哥，不用数了。这是1000块，谢谢您了！

他笑了一下，虽沧桑但很酷，她觉得有些像电影《宝贝计划》里的古天乐。

他没接钱，只说了句：哪的话！我还有事，走了！

她愣在了那里。

刚拐街角，就听后面喊：大哥，您等等！

他一回头：是你，还有事吗？

大哥，遇到就是缘。不早了，不如去吃个午饭吧。

反正眼下也不想回家，他就说：走吧！

他们进了天天饺子馆！

离了？

离了！

可您心里还有她，干吗要离呢？

不是我离，是人家！哎？谁说我心里有谁了？

哈哈，您刚才捡那绿本的样子，全都泄露了！

他想，女人真是怪！就说：不早了，饭也吃好了，我该走了！

等等大哥，您还没买单呢！

我？你说——我买单？

对呀，有什么不妥吗？

没——没有！可是，我的钱，可能不够……

没事，我借您。但您哪天还我呢？

这个——您说？

行，我定吧。您看这个周六晚六点咋样，还是咱这六号桌哟！

阿　龙

阿龙进了勘探队后，一下就几个月不回家。勘探队多是男人，阿龙再笨点，眼看奔三十了，女朋友成了老妈的心病。

阿姨，您这舞跳得真好！

是吗？你这孩子真会说话。

谁说阿龙笨，话说得跳舞阿姨乐开了花。阿姨，我妈有好几个牌友，回头我让她带人找您学广场舞来好吗？阿龙边说边帮阿姨收拾散场时的音乐设备。

好哇！阿姨这刚组队，正不够人呢。

妈，求您个事呗？回到家，阿龙就对老妈悄悄说：我女朋友她妈在教广场舞，刚开始，人不多，要不您帮忙拉几个，壮壮场子？

女朋友？你这休了半月假，真就交上女朋友了？没问题，在哪？我今晚就先带几个过去！

老妈，给力！但是妈，我刚跟人家交，这事要悄悄来，什么也别跟人家妈说啊！

"欧"了！你上班走你的吧。

……

年根下，阿龙又休假了。可到家几小时了，也没见老妈的踪影，打电话也没人接。正着急时，老妈说说笑笑，带着七八个浓妆艳抹、身材清秀的妇女进院了，其中还有那个跳舞阿姨。

老妈，您这是？

我们队代表咱社区参加区广场舞大赛去了！知道不？我们得了第一名！

跳舞阿姨也过来说：呦，小伙子，吴姐就是你妈呀！好！吴姐一直没说，我还以为你只是说说呢，没想到……

段老师，阿龙可不是没谱的孩子！我也一样，答应儿子不跟你说俩孩子的事，就一直没说，让俩孩子自己去决定！

啥，啥俩孩子？

不是你姑娘和我儿子交朋友呢吗？对，你一直不知是我儿子啊？

不是吴姐，你说啥？我从来就没有闺女，只有一个儿子！

什么？小龙，你过来！

妈，是我不好，不该瞒您。您退休后越来越胖，听爸说您已三高齐全，又爱打牌，他劝不动您健身，我又不在身边，只好给您找一点动力。您看，您现在多苗条，减了十多斤了吧？

哪呀，到昨天，整减 22 斤！还别说，现在不让我跳，还不行了！不过，那个事，你妈不就白欢喜了吗？

吴姐，您有这么好个儿子，太有福气了，咋能说是白欢喜呢？透露一下啊，我虽然没有姑娘，不过倒是有个漂亮外甥女。二十大几了，她妈没辙了，正催我呢……

血色梅花图

　　白若梅出生时，左肩头有一块小巧的梅花形胎记，母亲就给她取了若梅这个好听的名字。在别家女孩做女红，找婆家的年龄，她却什么也未做，只喜欢画画。

　　娘说：孩呀，年底下你就十七了，咱得入乡随俗啊！

　　爹却说：再等等，再等等！

　　她喜欢山水，也喜欢花鸟，但最喜欢的是画梅花。房前屋后，她种了很多的梅树。虽不及墙角那两株盘根错节的老树粗壮，遒劲，但也枝繁叶茂，风姿绰约。

　　姐姐说：下个月我就要出阁了，你要照顾好自己。女大当嫁，不能太挑剔啊！

她拉过姐姐，把粉嘟嘟的小脸贴在姐姐的脊背上。

她一直不怎么出门，除了姐姐，也没有什么很相契的女伴。她最大的乐趣，就是她的梅，她的画！

姐姐出嫁那晚，她独自坐在藤架下的石凳上，望着墙角的老梅树，望着树梢上那弯弯的月牙，一动不动，目光空远，像进入了某种未知的境界。就在那晚，不，应该说是凌晨，她最得意的那幅《梅花晓月》诞生了！

画面上枝条灵动，活色生香，冰肌玉骨，婀娜有态。精灵似的花朵，在枝间轻点闲缀，亦静亦动。特别是树梢上那弯弯的月牙，更是枝间来云中往，晕色天成。恍惚间她竟刺破自己的纤指，为横枝的几朵润色。瞬间直觉画面上，疏影横斜，暗香浮动。

她欣喜不已，就第一次把画作，主动地送去了前院客厅。

这是个大户人家，家大业大，人来人往。她躲在屏风后面，很专注地盯着往来人等。她喜欢画画，但从未在人前展示一二，也从未在意过他人的评价和感觉。但今天不同，她太喜悦了，她真的很想与人分享，似乎是真的想得到那声赞许了。

但，没有！

两天。一年，两年。看到的人，除了摇头，还是摇头。爹娘也细细地端详着这幅画。娘说：我是不懂哦，但，这画画的，咋瞅，都跟别人的有一点不一样呢？

爹说：再看看。

自此，她的画就没人再过问，没人再提起了。

日子久了，若梅就忧郁起来。

时常自言自语：这样的画法，不好吗？被纠缠得实在不行了，就去见了父母：爹，娘，我的梅花图没有人懂，懂我画的人会在哪呢？

娘说：可是，这个很重要吗？

爹说：再等等，再等等……

她不说什么了，卷起画，回了自己的闺房。渐渐地，她的话少了，笑容少了，睡眠也明显地少了。

她有时半夜不睡，有时刚睡下一会儿，就翻个身起来。丫鬟蕊儿就问她：小姐，咱不睡了吗？

她说：蕊儿，你平时做梦吗，我为什么总做梦，而且是同一个梦呢？

蕊儿说：同一个梦？小姐，您说说，啥梦？

她说：我感觉，只要我一睡下，我的这幅画，就会向远处飘去。

小姐，那它飘哪去了，回不回来呀？

它好像去了一个高大台阶下，那里有和我们家墙角的老梅很似的梅树，还有一块很大的条石。

哦，那条石上有字吗？

有，但我看不清。我只看到，上面有几片正待打开的花瓣。

小姐，那只是个梦。咱不管它了哦，天还早呢，咱接着睡哦。

不，蕊儿，我想去找——那个地方！

不不，小姐，咱不能有这种想法的，天地茫茫，风霜雪雨，我们去哪里找啊？

蕊儿，你怕吗？

这个，我怕，我怕小姐您的贵体……

在一个弯月如钩的凌晨，爹娘发现，他们的女儿若梅，不见了，自然，挂在她屋里的那幅梅花图也同时不见了。

他们找了前院找后院，找了东家找西家。

娘急了，哭红了混浊的眼。爹急了，踏破了脚下的鞋。

好在，他们追到了一纸七字留言：多则一两年，勿念！

就这样，她和丫鬟蕊儿乔装打扮，开始了一段劳其筋骨、渺无目标的漫漫苦旅。

他们走了一村又一村，过了一镇又一镇。这天，就来到了燕都的显佑宫。年期早已过半，她告诉自己，按照与父母的约定，这必须是最后一站了！

可能是太累了，她脚下一滑，一下跌倒在庙前梅树下的那块条石上。顿时，额角的血，汩汩流出。她抬头一看，惊呆了，溅了血的白条石上，竟出现了一幅清晰的梅花图！但只见横枝处花瓣带血，树梢头弯月如钩，与自己手中的《梅花晓月》如出一辙。她忘记了额角，忘记了眼前……

这时，从台阶上走来一个小和尚。她忙站起身问：小师傅，麻烦问一下，条石上的这幅画是谁雕的？

阿弥陀佛！是小僧师傅——法圆大师十七年前所画所刻！

不，细算的话，今天已满十八年了。

小长老，我能见一见您的师傅吗？

为什么？施主您喜欢这幅画吗？

喜欢，非常喜欢！

施主您看好了吗？画上是个月牙，不是圆满之月，您真的喜欢吗？

人世间古往今来，又有多少事，可以圆满？我明白，我喜欢！

那好，施主请稍后，贫僧去上炷香。

上香？

是！十天前，师傅对小僧说，将来如果有哪个人读懂这幅画，喜欢这幅画，你要在第一时间告诉我！

那么就有请小长老带我去见尊师，再上香好吗？她的激动、急切之情，在眉宇间闪烁。

施主勿急！施主有所不知，我师傅他老人家，十天前已经——圆寂了！

这？她一个趔趄，歪倒在梅花石上：这难道是天意吗？

这时，小和尚已上香回返，手上还多了一画轴。打开，正是白条石上梅花图的原图！

施主，师傅圆寂前还告诉我，这幅梅花图就赠予识此画作之人。如今，送给您，恳请您务必收下，以成全法圆大师圆满！阿弥陀佛！

她双手接过画，就这样站在白条石下的潇潇细雨中，凝望着梅树与远天相接的地方，一动不动……

蕊儿歪头一看落款：此生尤似一幅画淡若初月白若梅！甲子岁冬月初一。这一天竟是若梅小姐的出生之日……

女友是美女

吴童最近在网上找了个女友，外地户口，工作一般，不过，其肤色洁白，长发飘飘，高挺的鼻梁如泰岳般耸峙，十足的一个美人！咱拖到三十多才找图个啥，不就图找个漂亮的吗！这样的一个理由，让父母和小妹都没得话说。再说，也不敢再拦了，实在该找了。

小薇，周末有安排没？陪我去趟苏州吧？我是第一次去她家！江南啊，不去可遗憾啊！说这些话时，吴童明显地有些显摆。

行，我和老公请个假试试，应该没问题。妹妹小薇可是个热心人。

汽车，火车，汽车，步行，第二天上午10时，他俩就赶到了。挺顺，没误准小舅子的婚礼。

这是个古朴的水乡小村，红顶灰墙的家家户户，掩映在高大的阔叶树下。脚边的蒲草沿着窄窄的青石板路铺向了五里外的汽车站。

你们先回去吧，我帮家人再忙活几天。路上照顾好小薇！他最爱听她夹杂在普通话里的吴音软语。

行，那我们先走了。说话时他趁小妹不注意，捏了下女友的手指：打电话啊！

火车在青山绿水间冲进了夜色，小薇拿出准嫂子送她的瓜果袋子，甜滋滋地吃起来。但吃着吃着，她看哥哥的眼神就变了，沉浸在喜悦中的哥哥也感到了她神情的变化：薇薇，你怎么了？病了吗？他着急地晃动着妹妹的肩膀。

哥，她跟你说过，什么时候离家的吗？比如，小时候在外婆家长大或父母带她们新迁来什么的？

没有哇！她只说过出来打工三年了，怎么了，薇薇，你别吓哥，快说！

哥，你可能没太注意，我也是刚刚才想到——

怎么了，快！

村里人怎么好像都不太认识她呀？再说，她跟父母、弟弟也一点不像呀！

你是说闹鬼？吴童瞪大了惊恐的眼睛。

哎！你想哪去了？我是说你找的这个女友，这个美女，很可能不是天然的……

鸭老板

　　大勇打西山的主意，已不是一天两天了，只是一众亲友无人看好，无人支持。更要命的是，老婆洪景天还卷了钱，跟着那鸭场老板跑了。

　　其实，老婆也只卷了几千块，但，这几千块已是他家的全部。

　　他们俩都在鸭场打工，工资很低。再低也是活钱呀，又是在家门口，他们一干就是五年。

　　五年的时光，足以让勤奋的大勇学会了养鸭的全套技能，同时也让老婆与鸭老板的私情瓜熟蒂落。

　　老板说：大勇，年根了，你去送一趟货吧，货款拿回来好给大家发工资奖金。

　　三天后，他回来了。但鸭场关了，设备卖了，老婆也和鸭老板——跑了。

　　没了，什么都没了！两年的工资没了，奖金没了，一条炕上睡了五年的老婆——竟然也没了！

　　但，大勇还是把货款，交到了因没买上车票而未及时撤走的会计金环那里。

　　金环接过钱，斜了他一眼，哼声说：你真蠢！

　　当天是平安夜。他没开灯，一个人蹲在冷冰冰、黑森森的炕脚下，配着窗缝鬼叫般的风吼，他也呜咽起来……

　　这时，在乱糟糟的风声中，似乎夹进了几下笃笃啪啪的敲门声……

　　两年后，在西山脚下，一个规模不太大的散养式生态养鸭场，款款落成了。

　　金环说：就叫大勇生态养鸭场吧。

　　大勇说：其他一切全凭老婆做主，但鸭场的名字我定吧。

　　哦？行，快说说！

　　叫"景天"行吗？

　　你——人家都不要你了，你还惦记人家。

　　有你要我，不就足够了吗！

　　你真蠢！

七月七

女儿考完试，阿琳就带她匆匆回了老家。

九岁的瑶瑶正是对诸事好奇的年龄，这次去乡下姥姥家，她还真有个事。

晚饭后，一转脸她就不见了，小村没坑没井，古朴宁静，孩子去哪儿，一般没人在意。

这时，阿琳也悄无声息地走出了院子。

院外是一片菜园，里面种满了豇豆、黄瓜、葡萄等十余种农家瓜果。在夹道的篱笆上，红的白的紫的花，花团锦簇；长的圆的尖的叶，叶瓣相环。阿琳在园子把角处的一棵大垂柳下站住了，这时，从另一棵垂柳下走出了一个男子。

"你几时回来的？"

"五点多，你呢？"

"我早上八点下班，倒了几次车，到家就四点多了。"

"我本不想打电话的，可是，还是——打了。你说，人有时候是不是很怪？"

"你从小到大，有事没事地就没有让我消停过，怎么，大老远地调回人家，有些过意不去了？哈哈，这可不像你，不像！"

"不像我像谁，孔雀公主李秀明，还是《青春之歌》的林道静？"

"扯远了不是？你已经很好了，不用去像她们。"

"真的吗，就爱跟你聊天，舒坦！对了，你知道我找你啥事吗？"

"你没说，我神仙呢！"

"去，三十大几的人了，一点没长进。人家跟你说正事呢。"

"哦，正事，你说，说。"

"朋友给我介绍个男友，有照片，你帮我把把关呗。"

"嗯嗯，那得细看看。这破月亮，看不太好啊。哎？怎么三个？"

"'奥特'了，不是，过去这叫脚踩两只船，现在呀，叫择优录取！"

"屁话，欠严肃了啊。不过，这几个都不是很入眼，当然，也有稍好点的，就是这个——看上去还挺面善的，不过也就这么点优点，不足为凭啊。"

"你这话就不厚道了不是，到底好不好嘛，皮球这又踢回来了。你说吧，这次我就听你的了。

"下决心了？不'千里走单骑'了？"

"她爸也走三年多了，我妈再三告诫我，今年，让我把这事整妥喽。哎，这次我就听你的了，你定谁是谁，抽签都行！"

"我听着怎么这么不对劲呀，那行吧，就这么三选一了，不另计划了？"

"三选一！"

"确定？"

"确定！"

"那，也就这个吧！你真想——将就？"

"少废话！哎，翻过来报下名字吧。"

"刘铁柱？"

"巧了，是有个叫刘铁柱的，和你同名。"

这时，园子里叶蔓一动，瑶瑶小跑着插了进来。

"谁的照片，我看看——哦，妈，这几个不是您新带的学员吗？他才不叫什么刘铁柱呢！对了妈，他们路考都过了吗？"

男人蹲下身拉过瑶瑶："你也知道他们？"

"那是！周末我差不多就是在驾校过的，嘿嘿。"

阿琳有些慌乱："你，你从哪儿跑出来的？"

"喏，园子里，葡萄架底下。"

"你在那儿干什么呢？"

"七月七呀，姥姥说能听到牛郎织女对话呢，葡萄就是我让姥姥种的，嘿嘿。臭蚊子，咬死我了！"

"你说你！人家说的是阴历七月七，不是今天，你个——"

"那又怎么样，我不是也听到了嘛！嘿嘿，妈，就选刘铁柱吧，我——同意了！"人影一晃，瑶瑶又不见了。

"这熊孩子你说，她，她还给做主了！"

男人讷讷地说："不是，我，这腿？"

"屁话！再提那条破腿，我抽你！"

草原三斗士

狗子也是有学名的，但狗子的学名仅限于户口卡，残疾证之类的本本上。

一次，镇民政助理爬山过岭来核实此人情况，却赶上村助理员临时有急事出了山，结果怎么打听"李天才"也没人知道。好在正赶上狗子放羊路过，便怯怯地搭了话：李天才，我知道。

村人甲就黑了脸：去去，放你的羊去。正道人都不知道，你知道个屁？

狗子说：就是我！

都说狗子傻，一点不假。带带拉拉上了两年学，据说，除了自己名字，只认识"羊"字。但他在数字上，却极敏感。十一岁正式从老爸手里接过鞭杆子之后，虽没办法数出羊的数量，但一百多头大羊小羊，如果少了一只，他立马知道。

狗子有两个最要好的朋友：一个是老爸给他淘换来的牧羊犬二狗，一个是他调教出的黑犄角头羊狗三儿。

他喜欢二狗的温和。自老爸去世后，他除了从二狗这里，就再也体验不到温和了。他带着老爸给他盖的五大间房，六百多平方米的院子以及一百多头羊，划归在了二哥名下。但二嫂每天留给他的饭，却只够他一人吃的。二嫂说：我养你还不行，还养狗？没门！

他只好把自己的那份简单的饭菜，分出一部分，给她的二狗吃。好在村里经常有人家办红白喜事，他一般就早一点收羊，然后就去给人家洗洗碗筷，扫扫院子。这样一来，他和二狗就能一连吃上好几天的饱饭。而且，很多时候，在他打包的"折箩菜"里，事主还会给他加几块肉，这让狗子十分开心。他把肉挑出来，和二狗分着吃，但二狗竟然不吃，它只啃骨头或吃些菜汤泡馍。

狗子是个热脸人，每到这时，他就觉得悔，悔恨自己过去和老爸一起吃饭时，不知把难得一见的肉，留给老爸，而是任由老爸搛到自己碗里。想起这些，他就把二狗紧紧地搂在怀里。二狗很温顺，有时就倒在主人的怀里，和主人一起，睡着了。

二狗也有朋友，除了主人外，他最与头羊狗三儿要好了。说起来，狗三儿其实是他的铁粉。狗三儿最喜欢二狗在外敌面前，那副雄赳赳天不怕地不怕的样子了。有一次，北山的松岗子里，钻出一只灰巴溜的瘦狼，有点瘸，又像是几天没吃饭了。每只羊，都足以让它眼睛发亮。这时，狗三迅猛地赶过来，向瘦狼逼近。但它还没到瘦狼跟前，二狗已从河汉子那边猛跑着扑了过来。瘦狼一看它俩来势凶猛，长号一声，退回了松岗子。

这一天，狗子把从魏九爷家打包回来的馒头里，加进一大块肉，并泡在荤菜汤里，端给了二狗。

也是从这天起，二狗不再满处去撒欢，而是和狗三儿一起，围着羊群，开始了巡逻。但让狗子想不到的是，几天后的傍晚，狗子刚要赶羊回家，竟然被两只灰狼拦住了去路。打头的就是那天被吓跑的瘦狼。

二狗一见，两耳瞬间竖了起来，就要向瘦狼冲去。这时，狗子早已冲过去，他挥舞着长长的鞭子，猛地向瘦狼扫去。

这些年，狗子没少练他手头的鞭子。老爸说过，耍鞭子也是功夫，把鞭子练好了，对付只落单的狼或恶狗，用得上，所以他还真练了练。

但今天他才意识到，自己平时练得太少了，功夫太差了。一鞭子下去，震得手生疼，却没打在瘦狼的身上。这时，二狗和狗三已冲到了两只狼的跟前。二狗首先将瘦狼扑倒，并一口下去，咬住了瘦狼的左耳。瘦狼也不示弱，同时也咬住了二狗的肩头。狗三那边也和另一只灰狼搅在了一起。狗三锋利的犄角，差点把狼肚子穿破，而自己的腿上，也被狼咬得鲜血淋淋。

二狗这边明显是占了上风，瘦狼已几处冒血，边退边发出了几声凄厉地哀号。瘦狼一退，另一只狼也相跟着边战边退。狗子心里着急，怕它俩出什么闪失，赶紧横指一吹，鸣哨收兵。但二狗和狗三刚瘸拉拉地走回来，那两只灰狼又悄悄跟了过来，这回又多了另外一只。

狗子担心起来，他急忙奔过去举起鞭子，向瘦狼劈去。这次还好，好像打中了瘦狼，但也没打到要害。瘦狼躲过鞭子，便和新队友一起，围住了二狗。

狗三急了，一下冲到了瘦狼跟前，刚放低犄角要投入战斗，却被另一只狼死死地缠住了。双方恰肉搏正酣时，狗子锐利的口哨声飘过原野，两股小旋风样的东西，瞬间远远地出现。

当魏九爷羊群的两只"猎豹"赶过来时，越战越勇的二狗，已浑身是血，且四腿发起抖来。狗三也三四处冒血。

尽管狗子跑医买药，精心照料，但在第三天的傍晚，二狗血糊糊的身体，还是渐渐地冷下来。在老爸去世后，狗子还是第一次哭得热泪滂沱。

二嫂赶过来说：给我吧，也给你开开荤。

不行。

给你五块钱。

不卖！

在见不到二狗的日子，狗三儿却强壮起来。它不仅要带队寻找最好的草地，还会在羊群稳定下来时，前前后后巡逻奔走。

　　这天，又一条脏兮兮的野狗接近了羊群，狗三儿四蹄蹬开，放低黑角，猛地向野狗冲去。那样子，像极了它的二狗哥哥……

一条不打折的鱼

　　小时候，妈妈说我长得漂亮；大一点时，姐姐们说我长得漂亮；再大点时，谁见我谁说我长得漂亮。但在我风华正茂时，却被一艘小渔船，掳了去。

　　我被那个瘦高个子大耳朵的老鱼倌，送进了一个很大的饭店。我刚进去，就看到胖墩墩的大老板，向我走来。我说，干吗，都是不安好心的家伙，滚！

　　老板却在同来的二十几个兄弟姐妹中，选中了我。说了句：就它吧。

　　我于是被一个戴白色高帽的人，带到十几个客人面前，并说：三斤半，行吗？

客人中那个穿了笔挺西装，看上去十分绅士的男子，看了看我说：不错，就它吧！

我有些不悦，什么叫不错呀，那叫很不错，相当不错！算了，都是些凡人，计较个什么？再说了，这个西装男子看上去很是文静、俊朗。哦，对了，也算"相当不错"。用他们这些凡夫俗子的话说，就叫"帅！"能与这样的人，"合为一体"，也算是一份功德吧。只是俺有点不甘心，刚进门，就"上岗"？

拐过墙角，那个胖墩墩的老板说：这个留下。高帽男子说：明白！

我就被那个高帽男子，直接抛到院里那个不是很大的水池子里。水池子里有和我一起被掳来的二十几个伙伴，还有几个，不认识。

高帽男子抛掉我之后，顺手又从不远处，捞走了我的小妹。小妹叫妞妞，虽与我同年同月同日生，却因为嘴馋，被一个可恶的鱼钩，钩伤了嘴角。从此，就一直没有缓上来，个头就比我小了很多。

生而为鱼，宿命自知，但我还是为小妹妞妞祈祷：回来，回来！

小妹妞妞一直没有回来，直到第二天上午，高帽男又来找我时，也没见到妞妞的影子。

我再次被拎到一个十二人台的大桌前，高帽男还是那句话：三斤半，行吗？

桌上一个大脑袋小胡子的男子，看了看我，说：行，就它吧！

我这个恨呀，我不喜欢这个人，为什么把我和他联系在一起。在一个很大的红色塑料桶里，我连踢带踹。踢高帽男，踹大脑袋，也踹那只憋闷闷的破红桶。

耶！我的努力成功了，我没上大脑袋的桌，而又回到了我的小姐妹们之间。但我同时也发现，八妹菱角和九妹莲花不见了！

我问了所有的姐妹，她们只是摇头，什么也没说。但想不到的是，有个之前并不认识、不知来自何处且从未说过话的小哥哥却说了话：去哪了？替你上桌了呗！

上桌了？和妞妞一样，替我上桌了？我这才明白，身体修长、容貌不俗的我，每天却都在扮演着演员的角色，用他们凡夫俗子的话说，就是个托，托！

我每天与众姐妹，都是隔着个灰不溜秋的破网子的。网子这边，还有那个我不认识却与我说了一句话的小哥哥。

后来他还说，和他一起来的伙伴，就剩他一个了。我这才细细地打量他，他竟很是魁伟而壮硕的，个头也与我相近，但话语极少。

我问他：你怎么不太说话？

他说：你说呢！

五一这天，是我出场率最高的一次。记得有三四个高帽男，把我带进不同包间，先后四次。不爱说话的小哥哥也出场了两次。当然，灰不溜秋的破网子另一侧的水池子里，就少了六个伙伴。

几天以后，我竟在水池边，遇到了一个熟人，一个极其可恶的熟人，就是那个掳我上船的老鱼倌。只见他与胖墩墩的老板嘀咕了几句什么，然后就拎着两只看上去十分沉重的竹篓，向水池子走来。

　　近了，近了，我做好了充足的准备。近了，更近了，我奋力一跃，向他的大耳朵咬去。

　　他却连躲也不躲，扇着他硕大的扇风耳，看了我一眼说：这条不错！

　　是的，我没有咬到他，我咬的只是他投在池子里、细长的身影。

　　再看另一侧的池子里，瞬间热闹起来。新来的二十几个小傻瓜，尽情地说呀，唱呀。它们还赞美加餐的丰盛以及主食的充足，还说，再也不用千辛万苦地去觅食了，再也不用担心鱼钩的魔法了。

　　还有一个像是它们的帮主老大，吃饱喝足后，大声地说：咱们吃吧吃吧，强壮身体，或许传说中的"龙门"，不远了。

　　不知何时，那边新来的那个"老大"，已贴近那道破网子，并把它比我小一号的身体，慢慢地贴过来，小声地跟我说：嘿，好像在哪儿见过你。

　　喊，真俗，这个套路实在是烂街了，与那些凡夫俗子没什么两样。我正要回赠他一句什么，却感觉自己一下子飘起来。随即飘进了那个叫"芙蓉厅"的包间。

　　在我被捞出水桶时，我看到一个让我恼怒的场景，一个长得高高瘦瘦与老鱼倌一个模子的年轻人，竟坐在了首席。高帽恭维说：老板说了，您是老鱼倌的儿子，在我们这吃鱼的话，五折。年轻人说：不，不需要打折。从小到大我吃了太多的鱼，已经戒了。全价给我吧，我要活的，要她回到湖里去！

牧　童

漫空飞雪，虽不是很大，但就这样无休止地连上了昼夜，总领工张季的心，也冷到了极点。

一年，一年，一年的期限，要筑起这样的一座雄关，张季感觉自己像被戴上了紧箍咒，且越来越紧。

这时，大把头鹿三走过来：张领工，坡道上结冰了，我们的砖运不上去，肯定要延误工期呀，怎么办？

先停了三分之一的工匠吧，让他们也去运砖。鹿三却说：张领工，我都已停了三分之二了。

张季说：这里气温低，冷得早，雪会一天比一天多。唉，要是不能按时交工，上对不住大将军的重托，下对不起千百个弟兄等米下锅的家呀！

正这时，忽听不远处的工地边，传来一片吵闹声。原来，是料场的人，正与一个十二三岁的孩子吵嚷着。见领工和把头过来，忙说：这小子竟然把羊赶进了咱工地，我拍唬他几句，他还跟我顶嘴。

张季一看没什么大事，就说：都不易，让他走吧。鹿三走过去，虎着脸说：这不让放羊，赶紧走。小孩子却虎着脸，站着一动不动。

鹿三感觉威严受到了挑衅，他一把夺过小牧童手里的鞭子，直向身边羊群的方向扫下来。几百只的羊群，瞬间被这个突如其来的阵势惊得四下逃散。

张季一把夺过鞭子，惊诧地说：你干吗，只是个小孩子！

鹿三却轻轻一笑说：我只是逗逗他，太憋闷了，对不起。说着话，把鞭子还给了小牧童，还在他的小脑瓜上，拍了拍。

小牧童一看这个人并没打他的羊，便横放手指一声口哨，四散的羊才聚拢过来。而这时，碉楼的坡道上却有人高喊：不好了，二把头被羊撞伤了。听到这声喊，张季和鹿三急忙向坡道跑去。

到那一看，摔断的破砖撒了一地，包括二把头在内，四个搬运工，都歪坐在冰冷的雪地上。一见大领工，刚才那个喊话人忙说：二把头见上面窝工，就亲自带队运砖。刚才正滑叽溜地往上搬呢，冲上来一群羊，把他们给撞倒了，千万别摔到骨头呀。

张季赶紧说：快，把他们背到工棚去！鹿三这才意识到，是自己闯了祸。他赶紧蹲下身，去背二把头，却一眼看到放羊的那个小惹事精，不仅没跑，而且还在旁边坏坏地做着鬼脸。鹿三虎着脸吼道：还不快滚，还敢在这捣蛋！

小牧童却笑嘻嘻地说：才不走呢，我的羊闯了祸，我得管。鹿三觉得小牧童挺仗义，就说：怎么管？杀几只羊犒劳我们吗？

小牧童却说：那不能，你舍不得，因为它们现在是你的兵了。嘻嘻！

去，远远的，别碍大人干活。小牧童说：不就是往上运砖吗？这一冻冰，你们运不了，交给我吧。说着话，他一回头，趁一个正清理乱砖的小工不注意，一把扯下人家的腰带，飞快地跑了。

几分钟后，黑脑门的头羊，在身子两侧被挂上了4块长砖，不紧不慢地向坡道走来，后面还跟来了硕大的羊群。提着裤子的小工指着拴砖块的长布条说：我的，我的裤带！

在场的人一下子全明白了。二把头从大把头的背上，使劲地出溜下来，抓住正走到跟前的小牧童，看着他却说不出话。鹿三一把从二把头怀里抢过小牧童，把他高高地举过头顶。

一个名叫嘉峪关的塞外城堡，就这样在茫茫戈壁的端点，矗立起来，而且，工期竟然还提前了半个多月。

大将军把小牧童请到了席前，朗声问道：说吧，小家伙，想要什么报答。银子还是跟我去当兵？

小牧童忙说：当然是当兵！但现在不行，爸爸随驼队走两年了，我得再等等他。雄关下，将军指着一挂大车说：这上面凡是你用得上的物品，你带路，我差人给你送回去。小牧童说：不行，阿妈说不让我随便要人家东西。

将军说：你真想当兵吗？

嗯，我爷爷过去就是带兵打仗的，他临死前我跟他说了，我也要当兵。

将军说：来，这是我的腰刀，送给你。上面有我的名字。等你再长大一点，或你爸回来，你就拿着它来找我。

行！小牧童小心揣上将军的腰刀，仰着小黑脸，心满意足地赶羊走了。

将军悄悄对兵士说：跟上！

中间人

　　罗奇只长了一米五三的个头，大学都毕业了，多半没多大指望了，但他一直明里暗里地悄悄祈祷：再加点！

　　罗奇毕业于省里的传媒大学，他喜欢新闻专业，在市电视台实习时，正赶上当地"7·21"特大暴风雨。台里外派记者时，本不想让实习生参加，但他在申请参战的同时，还正式地向组织递交了早已写好却一直未敢递交的入党申请书。台主任吴林当下把笔交给他，他郑重地在签名墙上签上自己的名字。

　　那次雨幕下的专访，虽在其小腿上，留下了一道石碴子刮出的疤痕，但也把台里的"热点"栏目，真正地推成了空前的"热点"。

半年的实习，罗奇也成了五个实习生中唯一留用的一个。在台主任吴林的眼里，这个小个子青年，就是个拼命三郎。但在钦佩他敬业与专业的同时，吴主任也及时地发现了他很致命的弱点，那就是安全意识有些差，出现场采访时，时不常地就会挂点彩回来。

　　吴主任跟他交流时，他却毫不在乎地说：小伤小痛的，没事，不影响长个儿就行。吴主任见识了他敬业的同时，也见识了他的幽默与风趣，再三嘱咐之后，吴主任便自掏腰包去附近的药店，买回了两包大号创可贴。一包直接送给罗奇，一包存放在一楼办公室备用。

　　不过最近，小个子罗奇越来越感觉心意不爽了。原因是他渐渐发现，台里重大的现场采访，台领导不怎么安排他了。派给他的，在他看来大都是些鸡毛蒜皮的小事，即使是自己发现了"重大"线索，领导也会给他安排个助手相随，并把"战前动员"简化为"注意安全"四个字。

　　闲下来时，罗奇也把眼前事来回地捋了几遍。这让他在自检自身行为的同时，也想了些诸如开会时没帮领导说话，出电梯时没帮领导拎花盆架子等琐事。想到这些时，罗奇竟暗自嘲笑：罗奇呀罗奇，你可真是个"小人"呀！

　　不过，今天还好，不管怎么说，今天的"活"，还算得上是现场采访，他被派往了一处建筑工地，专访十几个村的村民们十分关注的回迁楼质量问题和施工进度。巧的是，罗奇也是这片正在施工回迁楼的业主之一。

一阵强烈暴风雨之后，工地即刻恢复了施工。罗奇手持长焦相机，在工长和工程监理的陪同下，进了围栏，向工地深处走去。当工长第三次把安全帽拿给他时，他还是摇头加摆手：热！

工地的路径逐渐变窄，三人只得分前后排列而行。工长在前，监理断后，一米五三的罗奇记者，被两个大个子夹在了中间。他们正走着，不知哪里的一根脚手架横杆，当空落下，平拍向三个人的头顶。

……

外科病房里，罗奇对着二人破裂的安全帽，不停地唏嘘：刘工长呀，是你们两兄弟救了我呀！

工长却十分淡定地说：不，罗记者，这次实际是上苍——救了你！

四月里的一天下午

那天，你妈妈被一个女人，请出了家门。

那是个四月天的下午，阳光明媚，新芽拱门。你妈妈独在家中，心情无来由地好。她随手翻看着看了一半的哥伦比亚名著《百年孤独》，但没读几句，就读不下去了。读不下去的原因，令她发笑：这样的人间四月天，那么好，那么晴明，为什么要看《百年孤独》呢？有没有一本叫作"百年喜悦"或"百年清欢"之类的作品存世呢，那才是与四月天相配的读品呀。

你妈妈用玻璃壶烧了水，静置了五分钟后，用刚刚清洗过的景德镇瓷杯，泡上特意从芙蓉镇带回的"古丈红茶"。一切妥帖后，她来到书柜前，开始搜书。但书柜门刚刚打开，她的手机就响了，她知道，那是微信的提示音。

下面的事，一切源于那条短短的微信：等一下我带个朋友来玩。

就是这么一条极简的短信，在你妈妈看来，却已是惊雷。她相信，她七上八下地相信，彻彻底底地相信，将要登门的，是个或胖或瘦，或高或矮，或闷声细气，或清音大嗓的——女孩！

这不是小事，这是近几年来，最非同寻常的大事！你妈妈快捷地关上书柜门，什么"百年喜悦"，什么"百年清欢"，你妈妈再也顾不上这些了。

其实，你妈妈也看不下去什么这类那类的书。不像刚退休那阵子，她把手头上百本书，排序摆放，细阅细录，拿起哪一本，都爱不释手。还在阅读的间隙，动起笔来。你一直都不知道，你妈妈已发表了数以百计的诗歌和散文小说。直到有一天，你无意间看到了出版社发来的"选题申报单"，你才瞪圆了眼睛，愣愣地说了句：好事，好事。我来！

你妈妈不确定你在哪，其实，你到家的这段时间，可能需要半小时或更长，但她不可这样估量，她需要在最短的时间内，让环境改观，让家居变样。她开始忙起来。

先捡了几绺小 QQ 刚刚抖下的猫毛，然后，浸湿抹布，从窗口到沙发，从餐桌到厨灶，快速地擦抹起来。

你妈妈竟然还可以这么快捷，这么干练，说真话，真不像是个五六十岁的老太太。她暗自告诉自己，要快，要在你带女孩到家前这短时间里，把屋里屋外，打理得清清爽爽，这是第一印象，很重要。

你妈妈一下子悟到了，她今天心情出奇好的理由，她信了直觉，信了第六感官的存在。家里要来女孩子了，心情能不好吗，能不"阳光明媚，新芽拱门"吗？一层细汗，从你妈妈脸上，次第显现出来。原来，出点汗的感觉是那么好，那么通透，那么畅快，你妈妈甚至哼起了关牧村的空灵小调。

不错，你妈妈已很久没有这样忙碌了，尽管在你二十几岁后，她就做好了"忙碌"的准备，但，几年的时光，尤其是退休后的闲散，已把她拖得很木，或曰感觉全无。今天，对对，就是这个"阳光明媚，新芽拱门"的今天，竟然有了女孩子上门的消息，你妈妈的形态，一下子就又"活"起来。

她不该"惊喜"吗，她不该"旋转"吗，她不该"打起手鼓唱起歌"吗？

快，再快点！你妈妈催促着自己，因为，她要在这段有限的时间里，不仅要完成"居家环境"尽可能的靓化，还要洗一洗脸，换一换衣。嗯嗯，就是那句：打造第一印象！

咚咚咚，门口传来了清亮亮的敲门声，一声"来了"，你妈妈几步向门口走去。

什么，你有钥匙，不用敲门！你知道吗，在小说里，这叫"虚写"。你当然有钥匙，当然不用敲门，当然没有"咚咚咚"的敲门声传过来，可你妈妈认为有，认为应该有，认为这个敲门声就该在"阳光明媚，新芽拱门"的今天出现。难道不可以吗，难道很奢侈吗，难道忍心不这样去描述吗？

总之，门开了，三十一岁的你，三十一岁未谈过女朋友的你，三十一岁一直单身的你，和你今天带回的朋友，一前一后地进屋了。

……

阿姨，打扰了！

不打扰，来，请坐吧！

两盘水果，两杯红茶，两桶坚果，齐齐地摆在了亮闪闪的茶几上。

一切就这样妥帖起来，阳光那么明媚，新芽还在拱门，但你妈妈脸上的细汗，差不多已销迹。她对你俩说：我上午约了个事，一会儿得出去一下，你们随意哦。

嗯嗯，就是这一天下午，就是这个"阳光明媚，新芽拱门"的下午，无来由地，你妈妈和她正翻看了一半的那本《百年孤独》，就被一个女人，请出了家门，请进了小区外绿柳成荫的环河公园，或更远一些的地方。

而这一刻，那个女人，那个把你妈妈请出家门，请进室外四月时光的女人，脸上已褪去了因惊喜酝酿出的红扑扑、汗津津的姿韵！

开　张

当第三五一十五次投稿石沉大海后，他果断决定，应该调整一下既定思路了。

我何不如此……冥想了几天后，虽没找到什么闪光点，去另辟新径，却想到了投递方式的变通。有了这一初步的想法，他竟为自己的新招数，窃喜不已！

他没采纳索吉的那些看五行、择日子的建议，凭感觉，他选定了"五一"。

新计划的实施，就是从那天开始的。

他喜欢文学，从四年级他的一篇作文被老师作为范文评讲表扬起，他就暗暗地、义无反顾地投向了文学两个字的麾下。

当然，那时的表现，还只是喜欢作文课，偏科文史哲。尝试与文学牵手，是后来的事了。

但"与文学牵手"实非易事，绝不是灯下苦战、无日不练就能有成的。这还需要与编辑有个特定的、冥冥相契的缘分，也就是说，还要趣味相投，否则，稿件就会失去至少一半的机会。他知道自己的稿件不是非常好，但有的也还说得过去，而一直以来，确切地说，已投寄了不下十五次了，仍无任何结果。

索吉说，要不，咱找找人。有个同事的姐姐，就在你说的报社，虽不在副刊，但我想能说得上话。索吉是他的发小兼同学，竟也喜欢他的作品。用索吉自己的话说，他是他的首席读者和粉丝 1 号。

他说：不行，我要上稿，就只凭稿件，绝不走捷径。说这话时，他很决绝，竟还想到了某位大师的那篇《文人的风骨》。

索吉说：你都投哪儿了，别只跟一家报社较劲。

他说：可我就想先攻下那家的板块！

拧筋！

嘿嘿……

你不是做了个"天天计划"吗？什么内容？

嗯，听着啊，就是每天一篇，不多不少。风雨无阻，雷打不动。

实施了吗？

嗯，从"五一"那天就开始了，今天满月，要不怎么请你来喝满月酒呢？

一天不漏？

嗯。

都是小说？

嗯嗯！

有结果了吗？

没有呢。不过，等把编辑哥们砸烦了，就好办了。他自嘲地说。

说着话，他顺手打开了手边电脑的邮箱——一封未读邮件，唰地点亮了他的眼睛。他们都知道，那是那家报社的回函。他和索吉的手，几乎同时按向了鼠标——邮件打开了，总共三句话：

第一句：稿件正在甄选中，小文不错，第一篇《永定河夜半的桨声》下周五见报。

第二句：兄弟，即使串门，也不能一天不隔吧？

第三句：知道不？当年，我就是用这种方法，追上我女友的！

——副刊编辑李龙一

耶！半空中，一黑一白两只大手，啪地击出了轻快的脆响！

老　萧

临近退休，不少人就问他，退休后打算干点什么呀？

老萧说：正想呢！

是的，他在想，而且已想了很久。最后，他决定，学理发！

自然，四个儿女没一个同意的。

您不是有退休金吗？不是有我们吗？再说，一时也学不会呀！

他说：我只学理寸头和光头。

三个月头上，他高高兴兴地出师了！

他婉拒了儿子送的小店面，揣上一推一刀一块披肩布，早早地出了门。

他来到了镇敬老院，做起了以理发为主的义工！

儿女们听说后就想笑：瞧瞧咱老爸，敢情是有雷锋情结呀！

遂提出几个人要轮流给老爸收拾屋子，过周末。

长女萧宏值了第一班。她在整理床单时，碰掉了老爸枕边的《山海经》，忙去捡拾。竟有一页粉红色的折纸落地，展开一看，是老妈的字迹：老萧：咱的四个儿女，都自食其力，各安其身，我不挂记。如果你一定要帮我完成个心愿的话，就替我照顾一下老齐吧！你知道的，我没给他留下儿女。而这个倔人，竟一直未再娶，我对不住他呀！他已住进了城西的敬老院。你我多年夫妻，相濡以沫，我知道，你可以！

萧宏愣怔了片刻，随后逐一拨通了弟妹们的电话……

谁动了俺的香椿

新来的院长挺有意思，见面会第二天，他就找保洁要了把铁锹，并从后备厢里取出两棵树苗，去了楼后的园子。

园子有数竿青竹和一些杂树杂草。他拣了块空地，栽下了两棵手指粗细的香椿。

其实栽种什么并不重要，因为三五年间必有调动，没指望吃上春芽早叶的。但想想多年后故地重游，看看自己亲手种的树，不就像看自己活色生香的儿孙吗？所以，一直以来，不论调任哪里，他都会种些树。

他培了土，退出园子，准备找桶浇水。

一个电话打来，他匆匆去了会议室。

下午下班时，他突然想起了给树浇水的事，赶忙进了水房。

但当他提着满桶清水走到树下一看，满地的脚印，满地的水浆。不知谁，已浇了多少桶！

三天不到，那座荒僻的后园，竟多出了桃树、杏树、梨树和许多叫不上名的枝枝干干。多数还挂了牌，上写"此树是我栽——×××"。

新院长还是常想着浇水的事。多数时去了一看，刚浇过，甚至还没渗掉。

不觉间，浇院长的树，已从保洁、保安、司机们，向四周扩展，遂成了一院上下公开的秘密。

……

第二年，春风乍绿，草色入帘。后园的老枝新干，都已苞芽初绽，衔蕊吐芳，而院长精心培育的两棵香椿，却只见枯枝不见叶，早已骨瘦，玉陨，香消！

杏 儿

我的小菩萨，你是怎么炼成的呀？

时间久了，而闺密圆圆的好奇心，却一丝未减。

杏儿是个弃儿，19 岁了还不知父母贵姓。

她的后颈有道疤，那是在福利院时做手术留下的。阿姨说，小时候她后颈有一片大大的黑色胎记。天知地知，或许这就是父母遗弃她的原因。

好在，杏儿长长的黑发遮住了那道疤痕，一般的人看不到，当然，她自己也看不到。

杏儿是个好姑娘，单纯善良，生人熟人总能一样对待。

你看，她坐着滑竿上山这一路，好几次要求下轿，并说：

"试试就好啦，我下去，一分钱也不会少两位伯伯的。"

还有，她坐公交时，但凡遇年长的，不论在怎样的情况下，她都会给人让座。有一次她新穿了高跟鞋，而偏巧这双鞋又有些夹脚。但那天，她还是提着大包小包地给一位长者让了座。

有天，她已经下班了，只是要赶一份材料才没走开。这时，来了一位四五十岁的妇女，因赶时间而大汗淋漓，但到窗口一看，还是下班了。这样，她就要在大街或其他什么地方，等上两小时的午休。杏儿想都没想，匆匆放下手头的资料，打开了门。

圆圆问得多了，杏儿只好红着小脸说："其实，我哪里是什么菩萨，只是，只是我在想，也许他们中的哪一个，就是我的爸爸或妈妈呢！"

单位发了计步器

这天，老妈正做饭，儿子晓光风风火火地来家了。

妈，我有难题了！

咋了儿子？

这不。晓光从提兜里拿出个小盒：这个叫健步走计时器，单位发的。要求每人每天至少健身一小时，单位每周有专人检查计步器。谁时间不够，就扣款，还按比例扣减年假呢。

那咋了，好事呀，去锻炼就行了！

不是，我这不是正准备考证吗，时间保证不了哇！

那就和你们领导说说呀？

领导说了，都有困难，有杂事，自己解决，概不例外。

哟，那咋办？

只有一招了，妈，您带上这个计步器，替我几个月。等我考完了，我再去！

那领导要是知道了，好吗？

领导说了，只看数字！

那，行吧！

······

半年后，老妈锐减了 22 斤，高脂高糖脂肪肝均已全部消失，还被居委会评为了年度"健康之星"！

晓光看到了证书，坏坏地笑了。

古树成精

　　退休后，老梁独自一人游历了很多的大山小川，宿过不少的村村寨寨。集拍、画、写为一体，采集了大量的异域风情。他笑称自己就是当代的蒲松龄，鬼故事都要！

　　某日，他在山脚下打听到，翻过两道梁的后面，有个叫半里坪的地方，飞瀑流泉，风景秀丽。特别是村头的那棵五百年的古树，最近成精了。

　　成精了？古树？怎么成精了？

　　听说有个女人，没上过学，没出过门，在山里活了四十多岁了。有天她和丈夫吵架，在古树下睡了一夜。第二天，嘿，会画画了。还画啥像啥，听说她的画都有人买了。

你见过她的画没？

没有。唉，对了，强子见过。您问吗，我喊他来？

十几分钟后，一个四十岁左右的汉子，背着个大背篓赶了过来。他是守在另一个岔道上的背山人。

问到老树成精，女人画画的事，他说：是咧！

说着，还拿出了兜里的几张厚纸片，翻了一张，递过来。

老梁接过一看，正面是他的姓名和 BP 机传呼号，背面是个四五岁小女孩穿大花棉袄的半身素描。

有点意思！这不伦不类的自制名片，把他逗笑了。

他刚一笑，突然被棉袄左襟上并不太显眼的卷尾牵牛花图案吸引住了，忙问：这女孩是谁？

我闺女！他憨笑着：我闺女都九岁了，嘿嘿，她给画小了。不过，倒是蛮像的。

这件花棉袄也是你闺女的吗？

不是咯，我们这不穿大厚棉袄的，不那么冷。那女人好像稀罕这个花，我看她给谁画都是这个。

你去过那个寨子？

去过咯。

带我去，马上！

远着咧！

你开价！

不是，你行吗？

行!

三个小时后，在那个"古树成精"的小寨，他找到了失散近四十年的女儿！

故事里的事

刘厂长？

别说了，没余地！

不是那事！俺突然想起，您车上不是有行车记录仪吗？

有。

那就好了！你赶快帮俺查查，俺真没……

不行，我有事……

小孟最近有点烦，因为一块进厂的三人都是一个月试用期，而他两个月。

我不就打了个架，被拘几天吗，又不是在厂里，您这是歧视？

嗯，基本对！你可另选。

选啥选？拿啥选？

想到这一层，也就通了，但他还是在小摊上，喝了点闷酒。

摔倒的老太太白发散乱，目光混浊，就像他第一次探监时的娘！他毫不犹豫地扶起她，而老太太拽住他，就再也不撒手。

没有目击，没有探头。当民警把一万元的押金条摆在他面前时，他的眼睛竟突然一亮，他想到了恰巧路过的厂长和他车上的记录仪。但看上去厂长却一点也不上心，唉！

您看，能不能让她家先……

民警说：她是低保，没钱！

可俺刚上班，还是试用期！再说，真不是俺呀！

这时，刘厂长的车驶进了大门。

厂长，您快……

先去医院！

大妈，像是小孟骑车撞的您，我看到了。您放心，您的医药费，有人掏！

老太太摇着头拨开刚进门的刘厂长，直勾勾地盯着门口。

小孟一步跟到了门口：厂长您看见什么了？您这叫挟私报复，叫撒谎，叫没气量！

老太太一骨碌，像是要下床，被前来帮忙的邻居大姐一把按住。

这时，民警小赵到了病房门外，拍了下小孟的肩膀：嘿，别喊了。拿好，这是押金条。

俺没钱，俺……

喂，押金条，收条！

收条？他仔细一看，还真是收据，两万呢！

这？

用不了的给大妈，不够找俺！厂长边说边往外走。

不是，厂长……

他刚要追，小赵拦住了他：别追了！刘厂长当时就看见了，撞人的是一辆残疾车。而这位老太太拉住你不松手，也不是要赖上你。

那她怎么说？

她只是含混地要找你，叫你天宝天宝的。刚刚我们才知道，老太太的儿子叫天宝。邻居大姐说，天宝跟你的年龄、个头、发型都有几分像。他是位消防战士，十年前在孟家洼山洪中，为救一个小姑娘，被水冲走了。

孟家洼？山洪！天，那是俺妹子……

号挨号

在我老家的永定河岸，左邻右舍的一般被称为"老乡亲"。而提到老乡亲，一般总要在前面加上这样四个字"百年不散"。在"百年不散"四个字后面，有关柴米油盐的恩恩怨怨、鸡犬牛羊的错落情仇，俯首皆是。

青云与黄山两家是近仇。前年，大约在冬季。

起因是青云家的羊吃了黄山家的麦苗，黄山失手打掉了青云家的一胎肥羔。据说，此事已被列为周庄近年难度最大的民事调解案。

即使到了三年后的今天，两家虽战火已熄，硝烟已散，但依旧是"隔墙闻犬吠，不见人往来"。

而最让青云气恼的是，"掉胎"事件后不久，正赶上座机电话安装大幅度普及与降价，青云便急匆匆地跑到镇上，申请装机。

可到他签字时一看，他前一户正是黄山家。不仅让人家抢了个先，而且还与自家号挨号，真是"冤家路窄"！

于是他想，一定得换个号。

他一说换号，登记员小姐不高兴了：见过挑号码的，没见过挑邻码的！凑合用吧！

他本不太理直气壮的诉求，被硬邦邦地驳了回来！

电话也算是个新鲜玩意，青云很喜欢守在电话机旁，或接或打电话。这让他很兴奋，但也很愤怒。因为号挨号，经常地，有找黄山家的电话错打进来。比如，前天晚上，他接听到：黄山大侄子，我是王庄你表叔……

我是你大爷！啪，电话挂断了。

还有一天，他听到：黄山吗？我是饲料站老齐，是你要卖棒子吗？这批还能挤上一份，要不……

不，不用了，我卖给别人了！

这天，青云卖完了最后一车大白菜，就告别父母回了县城。由于太累了，当夜，他把摊位交给了妻子，便早早地蒙头大睡了。

沉睡中，一阵急促的电话声把他惊醒，他忙揉揉睡眼拎起了电话，却只听到了娘急切的半句话："老二，你爸他吐了，我的头，头……"

啪嗒，嚓，那边的电话，没音了。

虽只半句，但瞬间清晰了的思维和判断，让他立刻联想到这几天最频繁的报道——煤气中毒！

他急了！紧迫中，脑子一片空白。三哥，五叔——总之，老家邻居的号码半个也抠不出来了。但，由于号挨号，"仇人"黄家的号码便立刻跳跃而出。

情急中，他再也顾不上那个什么大仇了。他抄起电话，毫不犹豫地拨了出去！

待他们兄弟俩先后赶到时，老爹老妈早已在镇里的医院输上了氧气。

再一看，蹲在墙角的黄家大哥，穿着拖鞋的双脚，还光着呢！

青云走上前去，虽没说那个"谢"字，而两双大手，却已紧紧地扣在了一起！

不得不失信

　　罗兰从上中学时就喜欢作文课，语文老师每次以她的作文为范文，抑扬顿挫地朗读时，都流溢着满满的欣赏和鼓励。这样的推动力历久弥新，以至于她把写作当成了课堂之外的最大爱好。日积月累，必显才华。她也就顺其自然地进了单位的宣传部门，并成了一员干将。

　　正因从事了这样的工作，也就交往了很多新闻媒体和文艺界朋友。在相互影响、相互切磋中，顺势进展。这不，罗兰最近又出了本诗集，这已是第二本了。

　　罗兰处事一贯低调，在同学聚会时，经常有人拿着自己的画作、文集在同学中发放，但她没发过，甚至也没提到过。

同学们知道她上学时作文就好，还都在为她的"无产"而惋惜。她却淡然一笑，不置可否。

这天，平时联络最多、无话不谈、最要好的老同学美琪发来微信，说她打听清楚了，罗兰这几年曾出了两本诗集，还说：你捂得太严了，连我也瞒着，我很生气！这次聚会，你必须把两本诗集带给我，我要精研细读。

问她从哪知道的，她也不说，就说人家也要求保密，无可奉告。

真不知她是怎么知道的，隔着省呢，能得她！

两年一度的同学聚会，变化很大，计划内的不一定能来，没报名的，也许就到了。

聚会这天，出奇地热闹。主持人又添了刚从外地调回来的"百灵鸟"阿宏，这下，想不热闹都不行。

好了，同学们，下面进入下一个环节：才艺展示！有请戏曲组推送的代表吴良上台表演。

"海岛冰轮初转腾，见玉兔啊，玉兔又早东升……"一曲"贵妃醉酒"，悠扬婉转，声情并茂，台下的呐喊声、叫好声、鼓掌声此起彼伏，经久不绝。

阿宏来到台中央，欣喜地说：咱们班，真是卧虎藏龙，人才济济，让人耳目一新。下面将要出场的是，诗词节目组推送的诗朗诵《让我静静地看你》。这是谁的大作呢？告诉大家，那就是我们才华横溢的才女加美女——余美琪同学。她说，这是她昨晚特意为我们今天聚会写就的大作，我们掌声有请！

听到诗作的名字，罗兰为之一震，到底是最要好的同学呀，连诗的名字，都能和我的一字不差！罗兰兴味十足地开始了倾听：

在开满鲜花的孤岛上
读你眼中蓝色的忧郁
和阳光一样热烈的渴望
深邃的印度洋记下我们的誓言
让我静静地看你……

听到一半的时候，罗兰几乎惊讶地要站起来，怎么和自己集子里的诗句，一模一样呀？她按捺住自己的心跳，更认真地听下去，直到听完。

她觉得美琪确实有朗诵的天赋，这首诗，经她朗诵，真的增色不少，但，但她怎么……

下面的什么节目，她几乎一点也没再听了，她心里只有一个念头，那就是怎样回应她？诗集是绝不能再给她了，不然以后如何见面？但以什么理由呢？说得好好的，不给人家，人家会怎么想，八成会说，不就本破书吗？至于吗？

都怪网络，找啥有啥，信息无处不在。也怪自己，附庸风雅，用什么笔名，要用自己的本名，至于吗？

她越想越觉得对不住美琪，越来越开始躲避美琪热气腾腾的视线，但陶醉于赞美声中的美琪，还是一个旋转、飞身来到她身边。

罗兰，咱拿书去吧，放我车里，不然，一会儿忘了，我不是就白想了吗？

可是美琪，对不起。我，我临时换车，书给换走了。怪我，怪我，真的对不起！

嘿，罗兰，你咋回事，这不是搪塞我吗？知道不，你失信了！

我……

老 丐

呼啦啦!

一阵骚乱,人流把他推了个趔趄。他稳稳神,费劲地挪上了商家的高台阶。他这才看到,原来,在拥挤的步道上,有人被撞倒了。

他跛着腿,下了台坡,三挤两挤,再加上路人的自动让道,他很快挤进了"事故"中心。

倒地的是个白发老头,两个手提袋,散落一地的香肠、蛋糕等物品。

他赶紧上前去扶趴在地上的老人,老人却咧着嘴指指左脚说:崴了!

他忙把脏兮兮的自制广告白布单，放在身边，席地而坐。并退下老人的紧口鞋，抱起老人的脚。

老哥，您好运气！我这人啥也不会，但是会捏脚。凡是崴了、抻了、扭了的，俺都会。嘿嘿……咋样，缓些了吗？

是好些了，不过，你撞了我，应该送我去医院，光给捏捏可不行！

你看看，你看看，想什么来什么。大家都看见我是刚刚挤进来的，谁撞你了？

可不就是你撞的吗，不然我咋不找别人单找你呢？

唉，难怪没人敢伸手呢，敢情真有"碰瓷"这么一回事！

你老弟说话能不能客气点，什么叫"碰瓷"呀？

您老哥这不就叫"碰瓷"吗？您都倒地一阵子了，我才从外面挤进来帮您，您却生生想扣给我，您老也太不讲究了。

这么多人都站这儿看着，就你伸手了，会不是你撞的？

当然不是。别人不敢伸手是怕被粘上，也只有我辈兄弟奋勇当先了。

笑话！人家怕，你就不怕了？

俺当然不怕了！

咋？

他拍拍身边的脏布单子：看看鄙人的行头拐杖，您老哥还不明白吗？

夜慌慌

一轮月，在云朵间穿梭往来。大愣儿没有想到，打死他也不会想到，他第一次来省城，竟是在这样不堪的情境之下。

山里人实在，实在的山里人也就容易认命。大愣儿不能像别人一样，可以随意出山去见世面，去打工，去闯荡，因他家有拖住他双腿的病媳妇，还有两岁半刚刚会帮他追鸡赶鸭的小女儿。

三个月前，他以第一名的成绩，成了师尊吴老歪的关门弟子。在拜师仪式上，师尊还送了他一份礼物——一把贼亮亮的洛阳铲！

洛阳铲？没错，没有办法获得外快收入的他，加入了一个盗墓团伙。

这天，他们在很远很远的山环里，踩到了一个枕山踏水的古墓群，像采山人找到了七叶棒槌，大家欢呼雀跃。师尊老歪说，我听了天气预报，明天是大晴天。你们各自回家准备，洗澡净身，食素忌荤，剃须理发，挂符护身。明晚子时，趁上玄月，我们到南山的百年孤树下去叩拜祖师爷。

大师兄说：行，我去准备祭品。还请问师傅，我们哪天正式破土？

师尊说：我已去了一趟南山刘瞎子那里，日期基本定了。首次破土还要先向祖师爷禀告，不过，破土肯定在祭祖当月。

出了师尊的门，二师兄悄悄地跟他说：嘿，好事呀，办我儿子的满月酒有钱喽！这回，我要在村里挑个头儿，办它十个菜一桌的。大愣儿，到时你可得多喝几杯呀！

受了二师兄的鼓舞，他也在想，弄好了病媳妇一年的药钱就够了，不，或许连老大的学费……

黄道吉日，月朗风清，在灌下了多半桶秘制小烧后，师尊挂帅，他们全员出动了。

实际上，他们只是初出道的小团伙，没做过什么正经的大活，仅有的那点经验，也只是来自于故事段子和影视剧的某些情节。比如，在山间坡地，看到有的地方庄稼或者荒草长得比较茂密，并呈方形、长方形，以及一些很规则的几何图形，那很可能底下就是墓葬。然后他们就用洛阳铲勘探，白膏泥厚的，有东西的可能性或许就大，白膏泥薄的，一般就不必去挖了。

他们的最高理论，也就是春秋战国时期的封土多为青色膏泥；唐、宋陵墓则多"糯米泥"；明清墓多用石灰之类。

但就现有的经验和资源，他们还是做了一番的准备。之后，一声令下，他们信心满满，赳赳武夫般地走进了清辉朗月的中秋之夜。

事有凑巧，虽经验有限，但他们发现的还真是个大墓群。他们分配装备，布置哨位，在夜色和丛林的掩护下，开挖了。

刘瞎子说的一点没错，今天还真是"宜动土"，没多久，一个约三四十度角、近乎垂直的窄洞直抵墓道的挡板。

太顺了！墓道的挡板，像个巨大的磁场，他们的心似乎已穿过了那道挡板，触到了满墓室的闪闪金光！但以洞里三人之力，根本打不开那块青石板，他们只好又千辛万苦地把洞做大，并临时喊过来一个洞口的留守哨兵。

云来，月隐。月出，云退。

但，半多小时过去了，不仅没有珍宝运出来，竟连半点动静也没有。望着一地杂乱的器械，他有些慌了，五分、十分、二十分，守在外面的大愣儿这下真急了。先打电话，但下面的信号时有时无，而且无论有无信号，四部电话都无人接听。他抖动粗大的长绳，拼命地喊，但回答他的却还是徐徐的晚风……

徐徐的晚风，终于大起来，凉起来，也终于让大愣儿刚刚还燥热不堪的大脑，稍稍地冷静下来。洞口现在只剩他一个人了，也就是说，已没有了可以商量的余地。月亮忙乱地从云块间钻进钻出；树影惶恐地向洞口飘来摆去；时间匆匆地一分一秒地丢逝。他傻了，蒙了，慌了，终于意识到，眼下，发财已不再是头等大事了。他不敢再犹豫，颤抖着双腿和双手，急急地拨通了110。

几个小时前还打成捆结成帮的盗友们，顷刻间分道扬镳。他被推上了110，刚刚被"吊"出洞口的师尊和师兄们，则被几个白大褂，抬上了120。

黑黝黝的群山和山林，轻盈盈地闪过，一个灯火阑珊的城市出现了。从身边的警察口中，他知道了这是他梦到过无数次的省城。

圆溜溜的月亮，从云层里不失时机地飘出来，那么亮，那么亮！照得他腕上的手铐闪闪发光！

越过手铐上的光环，他看到前面那两辆120，迅疾地闪进了省城医院的大门。一丝若有若无的微笑，竟在手铐上的光环里，在他的脸上，缓缓地荡开……

小站有点事

　　林业站有三个看门老头，一个腿瘸，一个独眼，一个光棍。就这样的三个人，却在日后的某一天，派上了不小的用场……

　　站所进入林区后，有个问题出现了——没地方吃饭！经站长与领导协调，确定另起炉灶。

　　想到比镇机关食堂更方便和优惠，一站人等十分满意。主灶的大厨是外聘人员，据说还是城里大饭店出来的。

　　手艺不错！这是前三个月大家的一致口碑。但半年的时候，就有了其他言论。如汤辣了，肉硬了，菜咸了，等等。一年下来，这样的言论，就有些"水漫金山"了。

　　既然大家不满，换厨师吧！站长是个息事宁人的人。

接下来，厨师就换了三班，但都过不了百天，就会有怨言爆出。而不满的议论声，还越来越盛，甚至已由私底下转到了工作会的桌面上了。

大家说说吧，看食堂的问题能怎样解决？站务会之后，站长不得不加了个议题。

老赵：要不让几个饭店轮流送呢？

老钱：或是再换个厨师试试，规定几样饺子之类的主食？

老孙：吃不好肯定会影响大家的情绪呀，影响情绪不就等于影响工作了嘛。

老李：不管这么说，反正得改改了！

最后，还是站长一锤定音：我看这样吧，从明天起，三餐问题，都自行解决。散会！

所有人都没料到，这个滚来滚去热火球似的问题，竟是这么个冷冰冰的结果。大家你看看我，我看看你，大眼瞪小眼——傻了！

结果，二十几个人，有自个儿带饭的，有回机关食堂的、有去镇上小摊的，还有顶着老日头往家赶的。总之，二十几张口，汇成了一句话：折腾死了！

……

半年后，当林子里第一片毛毛草破土时，好消息也来了，小站的食堂又要重新开张了！只是做饭的不再是什么名厨名灶，而是那三个看门的老头。

据说几个老头们还各有绝活，一个炝白菜拿手，一个爆豆芽招鲜，一个秘制垮炖豆腐独步天下！

老赵闷着他的小糖嗓说：可以了，总强过天天漫街打野食吧！

老钱干咳了两声：是呀是呀，有口热乎的就行了。

而老孙老李他们，就只剩随声附和的份了……

真想去扬州

阿萍把微信昵称改成"真想去扬州"后，竟引起了不小的震动。

1

首先，同事小黄有想法了。

她匆忙拉起对面桌赵姐，并把她扯去了墙外的拐角。

赵姐，看见了不，萍姐改微信签名了，叫什么"真想去扬州"了！赵姐有些不解：那又怎么了？小黄神秘地说：赵姐你想想，年假她是不是没跟咱一起出游？

赵姐说：这有啥呀，李冬青和张欢都没参加，人家自有安排了呗。

小黄摇着赵姐的手臂：我说赵大姐呀，您再想想，还有谁去了扬州？

赵姐不紧不慢地说：那可多了去了，你看那网上照片，人山人海。

小黄都快急了：唉，愁人呢，您咋这么忠厚呀。我还是让您看看"证据"吧，这可是咱们王副主任发给我的。说着话，小黄两手摆开手机，食指啪啪啪闪电滑动，很快，一个画面出现了。上面是扬州著名园林"个园"内，标有"个园"二字的园区小景。两侧绿廊轩窗，四周茂林竹海。赵姐你看，这是谁，谁？

赵姐说：嗯，景致不错呀！我最喜欢江南园林了，但这个"个园"还没去过。黄静，你知道它为什么取名"个园"吗？告诉你，话说……

我的姐呀，您魔怔了，谁让你看园林呢，我让你看人呢。您看看，谁？赵姐给气乐了，这天天在一块儿工作，就算他戴了帽子和墨镜，我就不认识了，这也能考我呀！

小黄这下真急了：嘿，我的赵姐，这是咱大主任耶。明白不，也去了扬州！要不怎么回来后，林萍就一下子提了呢！赵姐抬头直直地看向小黄：黄静，什么意思？你看见他俩住一屋了？天天这都惦记啥呢！

赵姐，咱不说我哦，但要提得先提您呀！她算个几儿呀，论资历不如您，论学历，她跟我都差着好几节呢。您说，她要是没跟主任去扬州……

见赵姐已转身走了，小黄赶紧追过去：您想想，她要是没跟……

赵姐推开她拉扯的手说：你才魔怔了！

2

一点钟刚过，西院二嫂就扔下满桌子的残羹和横竖八叉的碗筷，扭着36号鞋的小脚，急匆匆地跑来大嫂家。大嫂表扬说：你今天咋这么麻利呀，刚这个点儿就完事了，我看老二还敢说你"肉"不！

二嫂托起一撮小葱，卷巴卷巴蘸上酱，整团就塞进了正在说话的嘴里：我说大嫂你知道不，他三婶……

大嫂赶紧制止她：你先吃，吃完了想说啥再说。我说今儿咋这早呢，敢情还没混上饭呢。

我吃了，可就是爱吃这口。说着，把小葱、酱碗和半块饼拉到自己跟前，捣鼓着嘴巴，不清不楚地说：收吧，收吧，别的不要了。然后放低声音说：知道不，他三叔走的这几年，他婶自己出去好几次了。我说去哪了呢，这回知道了，肯定是去扬州了！知道不，他原来的那个男友，就是南边的。现在看来，肯定就是扬州的，她一准叙旧情去了。真是胆越来越大，还敢公开把签名改成"真想去扬州"了，啧啧，了得吗？

大嫂忙打开手机，一看，还真是改名了。她挑着眼角回忆说：听说那主儿是个空军地勤，只知道是南方的，真是扬州的？难怪没成呢，两千多里呢，是远点哈。二嫂忙顺势说：那还用说，百分百！大嫂摇了下头：不对呀，这八字可还没一撇呢，她就先改了微信名，昭告天下？

二嫂还挂一丝酱汁的嘴角，瞬间被一股内力快速扯起，直向左耳根斜插过去：拱事呗，这就叫那个死灰又着了！

3

此时，扬州客户阿江反应也很迅速，他最近时常在梦中惊醒。醒后看看正咧着嘴，垂着涎，呼呼大睡的老婆，沮丧地想，咋又是梦，咋又不是真的呢？

不过，既然签名都改成"真想去扬州"了，可不就是对我的暗示，有明确的回应了吗！耶，加油！

不经意间，阿萍竟感觉周围狼烟四起，所到之处，火辣辣的一众目光，直向其消瘦的脊背上聚焦。她不知发生了什么，也顾不上想这些。毕竟新官上任，她要做的事，太多太多。

半个月后的一天上午，她接听了一个电话。近日来其略显苍白的俏脸上，立刻荡开喜气：大家注意，注意喽，今天俺请客！首先是我们组的企划方案，得到董事会肯定，马上在集团推广；其二，关键是这其二哦——俺闺女第一次独自出差扬州两个月，今晚终于要安全返程了！

一向沉稳淡定的她，竟肆意地激动起来，柔亮的眸子里，水色弥漫：年假我就想去，可她不让呀！知道不，俺想说，想说——俺丫头她，长大了！

这五百挣的

空调转着转着，无来由地就撂歇了。刚过保修期，杠杠新的拿来就修，老吴有点舍不得，但老伴坚持，修就修吧，万一修坏了，还有抄底的呢！

老伴以制冷问题打通了名片上名叫晋远的维修工电话。

晋远其实是闺女蔷蔷新交的男朋友。谢天谢地，三十大几的总算要有个交代了。当妈的就想早点瞧瞧姑爷，但闺女就像拧麻花一样，左不成右不肯的推来推去，总之一句话：没见过！

她跟老吴说，不就"海尔"店吗，可县城也没几个，咱俩去找找呗。

老吴说，你就拉倒吧，闺女不让见，就有不让见的道理，你就别添乱了哦。

当娘的就是这样，为儿女的事，都能想出"克格勃"想不出的主意。她从闺女的包包里，竟然偷拍到了维修工晋远的名片。

八点刚刚过，那个他们盼望已久的晋远，就来了。

晋远手脚麻利地卸下了空调外壳，从头到脚地查看起来。

"是不是该除尘了？"老伴围着晋远转。

"是不是该加氟了？"老吴围着空调转。

"嗯，是该了，是该了。"晋远面带微笑——作答。加了氟，没想到一试，竟不启动了。

"咋了呢？"老伴抢着问。

"可能是压缩机问题。"晋远依然面带微笑，"阿姨，如果要全面检查，除了加氟的120元，还得再加350元。"

350元呢？

"包括查出问题后的维修吗？"老吴静静地看着晋远。

大叔，那要看问题大小，用不用换件。

那样的话，就算了吧，老吴……也快凉快了嘛！老伴显然是心疼钱了。

不，拆吧，明年也得用啊。拆！老吴还拧上了。是你让来人修的，咱就一次拆彻底了。

拆，拆，老杠头！

查到了阿姨，节流管问题。不用换件，通一下就好，就收个手工费吧，20元。总计是490元。

啊？不换件也不少呀！老伴此刻，似乎忘记了主要目的是在考察新姑爷。

老吴抢过话头：行，490 元是吧，这是 500 元，不用找了！

晋远刚接过钱，忽听门口有个清脆的女声传来：天！老爸又手痒了！没跟您说这方面的活，不用您这个专家动手，我抽空找下晋远就行了吗？

小蔷？

晋远？是你呀，我还以为是老爸折腾呢。这空调怎么了，昨天不还好好的吗？什么毛病，晋远？

这是——你家？

是呀！

大叔也会修空调？

啥叫也会修呀？那叫专家！哎，晋远，你干吗？你去哪——去哪呀？

中　彩

邻居张三买彩票中奖了，不多不少，三千元！

尽管不算什么大奖，但还是让李四受不了！

受不了的还不光这三千元本身：你瞧他那样子，还站到大街上去数，还两口子一遍遍地轮流数！你才买几次呀？懂什么技巧呀？呸！蒙的呗！

坏事就坏在俺那败家娘们身上，俺说最后再买一次，她就是不让，还说：最后，都最后十八转儿了，还有个完没？昨天就是最后，是最后的最后！

但气归气，日子还是得过下去。就不信了，太阳还能不在俺家门口转转！

......

信念满满的李四，又凑钱杀进了售卖点。

这次他又找人看，找人算；又选时辰，择钟点，下足了功夫。吉时一到，他一伸手，天，中了！有零有整——3001元！

就听老婆说：你说咋这巧呢，刚好超过了张三家！

李四说：咱不在乎多少，关键是那个"刚好"！

老婆又说：要不，咱也到街上数数去！

李四说：快！

但，话未落地，恰有一只猫跑过来，竟叼起了钱袋，扑向了门口。

李四急了，飞起一脚……

老婆也急了，抓起个鸡毛掸子：这个老东西，你又踹我！今儿咱就彻底治治你这梦游……

老　赵

老赵收废品，已有些年头了。

那年，他在建筑工地被砸伤了腿，工友们虽在最短时间内把他送去了医院，但，他还是落下了跛脚的毛病。徒弟说：师傅，您刚当了工长，您看就……

没事，我走了，你当也是一样的，能照顾咱一块出来的弟兄就行！

他走了，但没多远。就在工地附近的拐角处，他租了个废弃工棚，收起了废品。

收废品也有发财的，电视也报，圈里人也传。不是有人捡了金首饰，就是在鞋窠里，破罐子里，发现了巨额现金。但他没捡过啥，他说自己没那个命。最多也就捡过一个铜烟杆和一串二十几个很大的锈迹斑斑的铜钱。不过，这两样他没有急于出手。

没急于出手的还有每天收来的报纸。他从不像同伴一样，打好捆，直接和废纸箱等拉去回收站，而是运回住处，晚上重新叠放，整理。

他上学不多，大山里的孩子都这样，识几个字就行了，书读多了也没用，还不如早早挣钱来得实在。

但，没机会读书，却不一定没机会看报！他经常这样地安抚自己。所以，他每天都把收来的报纸浏览一遍。还分门别类，有粗读的、细读的、有剪存的、还有抄录的，等等。

拿起厚厚的剪报册，徒弟就问他：师傅，这是种地的，我知道。这本是啥，有用吗？

这个是讲收藏的。要是碰巧了，就能用上。不过，首先是我喜欢。

那这本呢？都是对子呢？

是呀，这是讲楹联的。等以后回家了，过年你就不用去几十里赶圩买春联了，我来给你写！哈哈，有用吧！

有用，师傅，这个顶有用了。您写了，我一家一家地给您去送！嘿嘿……

这天，他正在文化馆二层将报纸打捆，突然，手机响了，他忙放下手中的活去接听——他甚至冥冥之中有种预感，这个电话很特别，很重要！

您好，您是叫赵文兴吗？我是区文化馆的，你发来的楹联，在我们这次征稿中，获奖了！而且，其中一幅还是一等奖。祝贺您呀！

啊——啊……谢谢，谢谢呀！突然！太突然了！他竟说不出整齐话。

奖金共是一千八百元，您需要把江西老家的具体地址发过来，您看……

不用啊，领导！您在几层？我去找您。我就在你们文化馆二层收报纸呢！

二层？收报纸？

他打着电话没注意，一只手，已轻轻地落在他微微颤动的肩头上……